Manfred Betzwieser

Herzschlag der Insel

Wenn La Palma ein uraltes Geheimnis birgt, das niemals
erwachen sollte

Manfred Betzwieser

Herzschlag der Insel

Wenn La Palma ein uraltes Geheimnis birgt, das niemals erwachen sollte

Bibliografische Information der Deutschen Nationalbibliothek:
Die Deutsche Nationalbibliothek verzeichnet diese Publikation in der Deutschen Nationalbibliografie; detaillierte bibliografische Daten sind im Internet über dnb.dnb.de abrufbar. Die automatisierte Analyse des Werkes, um daraus Informationen insbesondere über Muster, Trends und Korrelationen gemäß §44b UrhG („Text und Data Mining") zu gewinnen, ist untersagt.

ISBN 978-3-7693-5756-1

Verlag: BoD · Books on Demand GmbH, Überseering 33,
22297 Hamburg, bod@bod.de
Druck: Libri Plureos GmbH, Friedensallee 273, 22763 Hamburg

Inhaltsverzeichnis

Vorwort

Manchmal, in den stillsten Nächten auf La Palma, wenn der Atlantik sein ewiges Lied an die Felsen singt und die Sterne über dem Roque de los Muchachos wie Diamanten funkeln, hören die alten Leute ein Flüstern.

Ein tiefes, unterschwelliges Brummen, das nicht von Wind oder Wellen stammt. Sie nennen es die "Stimme der Erde", ein Echo uralter Geheimnisse, die tief unter der Oberfläche der Insel schlummern. Die meisten lächeln über solche Geschichten. Sie sind nur Legenden, verweht wie der Saharastaub, der manchmal den Himmel orange färbt.

Doch was, wenn diese Legenden mehr sind als nur Märchen? Was, wenn sie vergessene Wahrheiten bergen, die nur darauf warten, wiederentdeckt zu werden?

"Der Herzschlag der Insel" entführt Sie genau dorthin: in das pulsierende Herz eines Geheimnisses, das die Grenzen zwischen Mythos und Wissenschaft, zwischen Vergangenheit und Gegenwart, verschwimmen lässt.

Begleiten Sie Leo Richter, einen Mann, der dem grauen Alltag entfloh, um auf La Palma sein Glück zu finden – und stattdessen auf eine Bedrohung unvorstellbaren Ausmaßes stößt. Eine Bedrohung, die nicht nur seine kleine Insel, sondern vielleicht die gesamte Menschheit in ihren Grundfesten erschüttern könnte.

Was passiert, wenn eine uralte Präsenz, verborgen in den Tiefen eines erloschenen Vulkankraters, erwacht? Wenn das, was man für Legenden hielt, plötzlich zur lebendigen Realität wird und die Luft mit einer unsichtbaren Energie erfüllt, die das Leben selbst beeinflusst?

Dieses Buch ist eine Hommage an die rätselhafte Schönheit La Palmas, an ihre tiefe Geschichte und an die unergründlichen Kräfte, die unter ihrer Oberfläche wirken. Es ist die Geschichte eines Mannes, der gezwungen ist, über seine eigenen Grenzen hinauszuwachsen, um das Unfassbare zu verstehen und die zu schützen, die ihm am Herzen liegen. Es ist eine Reise in die Abgründe der menschlichen Angst und in die unendlichen Möglichkeiten des Universums.

Bereiten Sie sich auf eine Geschichte vor, die Sie fesseln wird. Eine Geschichte, die Ihnen die Frage stellen wird: Was wissen wir wirklich über die Erde, auf der wir leben? Und welche Geheimnisse schlummern noch unter unseren Füßen, bereit, ihren Herzschlag zu offenbaren?

Tauchen Sie ein in "Der Herzschlag der Insel" und lassen Sie sich von einem Abenteuer mitreißen, das Ihnen den Atem rauben wird.

Viel Spaß beim Mitfiebern

wünscht

Manfred Betzwieser

Kapitel 1

Der Ruf der Sima

Leo Richter hatte sein bisheriges Leben, die ungeliebte Beamtenlaufbahn und die dröhnende Langeweile des Alltags, hinter sich gelassen, um auf La Palma, der „Isla Bonita", ein neues Kapitel aufzuschlagen. Seine wahre Leidenschaft galt nicht dem Schreibtisch, sondern den Geheimnissen der Erde. Als begeisterter Hobby-Vulkanologe und Archäologe durchstreifte er die abgelegenen Winkel der Insel, immer auf der Suche nach verborgenen Lavatunneln, unerforschten Höhlen oder den kaum sichtbaren Spuren der Guanchen, der Urbevölkerung La Palmas.

Eines Abends, während einer seiner einsamen Exkursionen in die entlegenen Höhen der Cumbre, fernab von den belebten Touristenpfaden, stieß Leo auf ein Phänomen, das ihn sofort in seinen Bann zog. Ein tiefes, pulsierendes Brummen schien aus dem Boden zu dringen, ein Ton, der nicht ganz seismisch war, aber eine ungewöhnliche Resonanz in seiner Brust erzeugte. Es war nicht laut, eher ein tiefes Grollen, das sich unter der Schwelle des Hörbaren bewegte, aber seine Nerven vibrieren ließ. Seine empfindlichen geologischen Sensoren, die er stets bei sich trug, schlugen wild aus, zeigten Frequenzen, die jenseits jeder bekannten Naturerscheinung lagen.

Das Brummen führte ihn zu einer unscheinbaren Senke in

der zerklüfteten Vulkanlandschaft – einem erloschenen, aber tiefen Krater, der auf keiner Karte verzeichnet war und selbst den erfahrensten Einheimischen unbekannt zu sein schien. Es war der Calderón de la Sima, der „Kessel des Abgrunds". Die Luft hier war ungewöhnlich kalt, selbst in der milden Abendsonne, und ein seltsamer, leicht süßlicher Geruch lag in der Luft.

Leos wissenschaftliche Neugier, gepaart mit einer fast kindlichen Faszination für das Unbekannte, war geweckt. Er spürte, dass dies mehr war als nur ein geologisches Phänomen. Dies war etwas Einzigartiges. Nein. Er durfte nicht aufgeben. Panik war der schlechteste Berater. Leo zwang sich zu atmen, seine Gedanken zu ordnen, auch wenn das Herz in seiner Brust wie ein wilder Vogel schlug. Er konnte nicht selbst hinunter – nicht ohne Risiko, auch sein eigenes Leben zu verlieren, und dann gäbe es niemanden mehr, der die Wahrheit ans Licht bringen könnte. Aber er hatte eine Alternative, eine, die er als leidenschaftlicher Hobby-Vulkanologe und -Sternenbeobachter oft bei sich führte: seine High-Tech-Drohne.

Er rannte zu seinem Geländewagen, riss die Hecktür auf und kramte nach dem robusten Koffer, in dem er seine DJI Matrice 300 RTK aufbewahrte – ein Profi-Modell, das eigentlich für die Kartierung unwegsamen Geländes oder die Inspektion von Gebäuden gedacht war, aber Leo hatte sie modifiziert. Sie war mit einer hochauflösenden Wärmebildkamera, einem fortschrittlichen Spektralphotometer und zusätzlichen Sensoren ausgestattet, die noch feinere Frequenzmessungen zuließen als sein Tablet. Ein unschätzbares Werkzeug für seine ungewöhnlichen Forschungen.

Seine Hände zitterten nicht mehr vor Angst, sondern vor der Dringlichkeit der Situation. Er klappte die Arme der

Drohne aus, befestigte den Akku und schaltete sie ein. Die Rotoren drehten sich mit einem leisen Surren, das in dieser angespannten Stille ohrenbetäubend wirkte. Mit geübten Fingern startete er die Fernbedienung, deren Bildschirm ein klares Live-Bild der Kamera zeigte.

"Bleib ruhig, Leo. Bleib ruhig", flüsterte er sich selbst zu, während er die Drohne vorsichtig über den Kraterrand manövrierte. Die kleine Maschine schwebte stabil in der Luft, ihre LEDs projizierten winzige Lichtpunkte in das Grau des Morgens. Das Brummen war jetzt auch auf den Audio-Sensoren der Drohne zu hören, ein tiefer, basslastiger Ton, der die digitale Übertragung leicht verzerrte.

Langsam, Zentimeter für Zentimeter, ließ er die Drohne in den blauen Schlund hinabgleiten. Der Nieselregen perlt von ihrer Hülle ab, aber die Optik blieb klar. Der Bildschirm der Fernbedienung zeigte nun die eisigen, feuchten Felswände, die im unnatürlichen Azurblau der Lavatube glühten. Es war gespenstisch schön und tödlich zugleich.

Das Brummen verstärkte sich, als die Drohne in die Tiefe sank, und auf seinem Bildschirm zeigten sich die ersten Bilder: gigantische, feuchte Wände aus dunklem Vulkangestein, die in einer unheimlichen Blässe schimmerten.

Doch was er dann sah, ließ ihm das Blut in den Adern gefrieren. Tiefer im Krater, etwa 30 bis 40 Meter unter der Oberfläche, begann ein bläuliches Licht zu pulsieren. Es war kein gewöhnliches Licht; es schien organisch zu sein, als würde es von etwas Lebendigem ausgehen. Die Kamera zoomte heran, und Leo erkannte riesige, moosartige Wucherungen, die die Wände bedeckten und in diesem unirdischen Blau schimmerten. Sie pulsierten im Takt des Brummens. Doch das war noch nicht alles. Auf einer Vorsprung, inmitten dieser leuchtenden Biomasse, war eine Reihe von filigranen Felsritzungen zu erkennen, die in einem komplexen, fraktalen Muster in den Stein gehauen waren. Sie schienen ebenfalls zu leuchten, synchron zum unheimlichen Blau. Sie waren nicht die typischen Guanchen-Symbole, die er kannte. Sie waren anders. Älter. Unbekannt.

Leo war wie gebannt. War dies eine unentdeckte Höhle? Ein unbekanntes Mineral? Oder etwas ganz anderes? Die Frequenzen auf seinen Sensoren schossen in die Höhe, als das blaue Licht stärker wurde. Die Drohne begann, verrückt zu spielen, die Bilder auf dem Bildschirm wurden verzerrt.

Plötzlich hörte Leo ein leises, hohes Summen, das sich über das tiefe Brummen legte, ein Ton, der seine Zähne vibrieren ließ. Es war nicht aus der Drohne, sondern aus dem Krater selbst. Ein stechender Schmerz durchfuhr seinen Kopf, seine Sicht verschwamm. Und dann, mit einem letzten, verzerrten Bild des blauen Leuchtens, wurde der Bildschirm immer schwächer. Die Drohne war noch nicht verstummt, aber der Kontakt wurde immer schwächer.

Kapitel 2

Ein Albtraum in Blau

Die Stille, die auf den Absturz der Drohne folgte, war noch unheimlicher als das Brummen zuvor. Leos Herz pochte wild und unregelmäßig in seiner Brust, ein Trommeln, das den Nachhall des Summens in seinen Ohren zu übertönen versuchte.

Er starrte auf den toten Bildschirm der Fernbedienung, der sein eigenes Schreckgespenst widerspiegelte. Was war da unten? Dieses Summen, das seine Zähne vibrieren ließ und seine Drohne außer Gefecht gesetzt hatte – war es nur eine elektromagnetische Störung, wie er es sich krampfhaft einzureden versuchte? Oder war es etwas viel Bösartigeres? Etwas, das man nicht erklären konnte, nicht mit den bekannten Gesetzen der Physik oder der Geologie?

Das blaue Licht, die organischen Wucherungen, die unbekannten Ritzungen – alles deutete auf etwas hin, das weit über seine Vorstellungskraft hinausging.

Leos wissenschaftliche Neugier, die ihn so oft an abgelegene Orte geführt hatte, kämpfte nun mit einem kalten Schauer der Furcht. Er hatte seine Drohne verloren, seine einzige Möglichkeit, die Geheimnisse des Calderón de la Sima aus sicherer Entfernung zu erkunden. Der Anblick des dunklen Schlunds, aus dem nun nur noch ein schwaches, unregelmäßiges blaues Glimmen schimmerte, jagte ihm einen weiteren Schauer über den Rücken.

Die Faszination, die ihn hierher gelockt hatte, hatte sich unmerklich in eine Mischung aus blanker Angst und einer drängenden, fast besessenen Notwendigkeit verwandelt. Er *musste* wissen, was da unten war.

Die Nacht brach herein, und die Kälte aus dem Krater verstärkte sich. Es war keine gewöhnliche Bergkälte, sondern eine eisige Leere, die sich in seine Knochen zu bohren schien, als würde die Energie des Kraters selbst die Wärme aus der Umgebung saugen. Leo saß lange am Rande des Abgrunds, unfähig, sich von dem Rätsel zu lösen. Die Visionen der blauen Wucherungen und der seltsamen Ritzungen brannten sich in sein Gedächtnis ein, wiederholten sich wie ein Film, dessen Endung er noch nicht kannte. Die Erkenntnis, dass er hier auf etwas gestoßen war, das die wissenschaftlichen Grenzen sprengte, war überwältigend und isolierend zugleich.

Er konnte nicht einfach gehen und es ignorieren. Die Frequenzen, die er gemessen hatte – diese wild zuckenden Ausschläge auf seinen Sensoren, die jenseits jeder bekannten Naturerscheinung lagen – deuteten auf eine enorme, bisher unentdeckte Energiequelle hin. Und das Summen... es war nicht nur eine Störung. Es hatte sich aggressiv angefühlt, zielgerichtet, wie ein lebendiger Organismus, der sich verteidigt. Oder angreift.

Was, wenn dieses Ding da unten bewusst war? Der Gedanke ließ ihm das Blut in den Adern gefrieren. Eine Art uralte, unterirdische Intelligenz, die von der Insel Besitz ergriffen hatte? Er war ein Vulkanologe, kein Science-Fiction-Autor. Doch die Beweise, die er hatte, schrien nach einer Erklärung, die kein Lehrbuch liefern konnte. Und die Tatsache, dass es seine Drohne nicht nur gestört, sondern zerstört hatte, war ein beunruhigendes Indiz für eine physische oder energetische Kraft, die weit über seine Vorstellung hinausging.

14

Leo spürte eine wachsende Paranoia. War er der Einzige, der das Brummen hörte? Spürten die Einheimischen, die Touristen nichts? Oder ignorierten sie es einfach, schoben es auf die Eigenheiten der Insel, auf den Wind, auf die Geräusche des Vulkans?

Er dachte an die alten Legenden der Guanchen, die er so akribisch studiert hatte. Die Geschichten von den "Schattenwesen", die tief in den Bergen lebten, von den "Flüsterern in den Steinen". Hatten diese alten Völker vielleicht schon gewusst, was unter ihren Füßen lauerte? Hatten sie versucht, davor zu warnen, in ihren rätselhaften Ritzungen, die er nun mit ganz anderen Augen sah?

Die Angst vor dem Unbekannten mischte sich mit der Furcht vor dem, was er tun musste. Leo wusste, dass er professionelle Hilfe brauchte. Er konnte das nicht alleine bewältigen. Seine Archäologen-Kollegen würden seine wilden Theorien über „leuchtende Ur-Wesen" und „psycho-akustische Attacken" wahrscheinlich belächeln oder ihn für überarbeitet halten. Aber die Geologen, die Vulkanologen auf der Insel... Sie würden seine Messwerte nicht ignorieren können, nicht die seismischen Anomalien, nicht die unerklärlichen Frequenzmuster.

Doch der Gedanke an die Behörden schnürte ihm sofort die Kehle zu. Was würde passieren, wenn er das meldete? Man würde das Gebiet sofort abriegeln, es zur Sperrzone erklären. Mit uniformierten Beamten, Absperrungen und einem Betretungsverbot.

Seine Forschung wäre beendet, bevor sie überhaupt richtig begonnen hatte. Das Geheimnis des Calderón de la Sima würde unter Bürokratie und Sicherheitsbedenken begraben, für immer unerreichbar. Und was, wenn es sich ausbreitete?

Was, wenn diese "Intelligenz" nur darauf wartete, ungestört zu wachsen, während die Insel unwissend weiterlebte, eine tickende Zeitbombe unter ihren Füßen?

Eine kalte, harte Erkenntnis breitete sich in ihm aus: Er war allein. Und die Zeit rann ihm davon. Jeder Herzschlag der Insel schien ihn daran zu erinnern, dass er handeln musste, bevor es zu spät war.

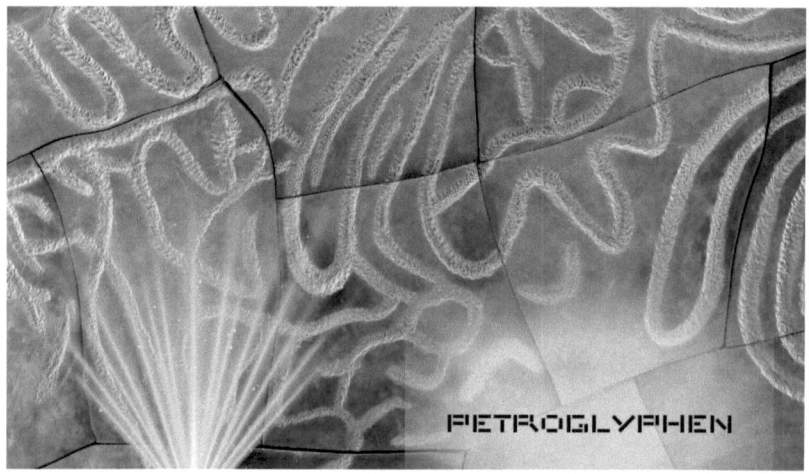

PETROGLYPHEN

Kapitel 3

Der Anruf im Morgengrauen

Die Stunden krochen dahin, während Leo am Kraterrand hockte, das Adrenalin pumpte immer noch durch seine Adern. Die Nacht wurde tiefer, und das blaue Licht aus der Sima schien unregelmäßiger zu pulsieren, wie ein unruhiger Herzschlag. Das Brummen war immer noch da, nun aber mit einer bedrohlicheren Resonanz, die Leo in seinen Knochen spürte.

Die ersten Sonnenstrahlen des neuen Tages kämpften sich zaghaft über den Horizont und warfen lange Schatten über die zerklüftete Landschaft La Palmas. Doch für Leo Richter brachte der Morgen keine Erleichterung. Die kälte, die ihm in den Knochen steckte, war nichts im Vergleich zu dem eisigen Griff der Erkenntnis, die ihn die ganze Nacht wachgehalten hatte: Er war auf etwas gestoßen, das die Welt, wie er sie kannte, auf den Kopf stellen könnte. Und er brauchte Hilfe.

Sein Blick fiel auf das Display seines Handys. Die Nummer, die er wählen wollte, war so tief in seinem Gedächtnis verankert wie die Koordinaten seines Lieblingsvulkans. Diego. Diego Santana. Leo zögerte nur einen Moment, die Finger über der Wahl-Taste. Es war noch vor sechs Uhr morgens, eine unchristliche Zeit für einen Anruf, selbst für ihre Verhältnisse. Doch das hier war kein gewöhnlicher Notfall.

Diego war nicht nur ein Freund, er war ein Fels in der Brandung. Leo hatte ihn vor etwa vier Jahren kennengelernt, kurz nachdem er sich auf La Palma niedergelassen hatte. Leo, damals noch ein etwas naiver Festländer mit einer romantischen Vorstellung vom Inselleben, hatte versucht, einen seiner ersten Lavaströme in den Barrancos zu kartieren – und sich prompt verlaufen. Bis über beide Ohren im Geröll steckend, hatte er die Orientierung verloren, als die Sonne plötzlich hinter den Wolken verschwand und ein unerwarteter Regenschauer einsetzte. Und dann tauchte Diego auf. Nicht wie ein Held aus einem Film, sondern eher wie eine Gestalt aus der Landschaft selbst – zäh, wortkarg, mit einer Machete, die mehr Geschichten erzählen konnte als jeder Reiseführer. Diego war ein *Pastor*, ein Hirte, der seine Ziegen durch die unwegsamsten Winkel der Insel führte, jeden Stein kannte, jede Windböe voraussah. Er war ein Mann der Insel, verwurzelt in Traditionen und einem Wissen, das weit über Lehrbücher hinausging.

Sie hatten sich damals in einer Mischung aus Zeichensprache, gebrochenem Spanisch und viel gutem Willen verständigt. Diego hatte Leo aus der Patsche geholfen, ihn zu seinem Jeep zurückgeführt und ihm dabei eine wortlose Lektion über die wahre Wildheit La Palmas erteilt. Seitdem war eine ungewöhnliche Freundschaft entstanden. Diego, der sonst kaum jemanden an sich heranließ, schien in Leo einen Respekt für die Natur und eine unaufdringliche Neugier zu spüren, die er akzeptierte. Er war derjenige, der Leo die geheimen Pfade zeigte, ihm die Sprache der Wetterphänomene beibrachte und ihn in die lokale Gemeinschaft einführte, wenn auch auf seine eigene schweigsame Art.

Vor allem aber war Diego absolut zuverlässig. Wenn er etwas versprach, hielt er es. Ohne viele Worte, aber mit unerschütterlicher Entschlossenheit. Und er hatte einen fast unheimlichen Instinkt für die Stimmung der Insel. Wenn Diego sagte, etwas stimmte nicht, dann stimmte es auch nicht. Seine ruhige Art verbarg eine tiefe Verbundenheit zu La Palma, die fast schon übernatürlich wirkte. Er war der Mann, den man anrief, wenn die Wissenschaft am Ende war und der gesunde Menschenverstand aussetzte.

Leo drückte auf "Anruf". Ein tiefer Atemzug. Der Anruf ging durch. Nur zwei Freizeichen, dann hörte er Diegos tiefe, raue Stimme am anderen Ende.

„Leo? ¿Qué pasa? Ist alles in Ordnung?" Diegos Spanisch war langsam und bedacht, jedes Wort wogend. Die Besorgnis war unüberhörbar, denn Leo rief nie so früh an, es sei denn, es war wirklich ernst.

„Diego, ich… ich bin in der Sima. Ich brauche deine Hilfe. Ich habe etwas gefunden. Etwas, das… anders ist. Sehr anders." Leos Stimme zitterte leicht, mehr vor der unausgesprochenen Angst als vor der Kälte. Er versuchte, so ruhig wie möglich zu klingen, wissend, dass jede Spur von Panik Diego misstrauisch machen würde. Diego war ein Mann der Fakten, der Beobachtungen, kein Freund von Hysterie.

Ein Moment der Stille am anderen Ende der Leitung. Leo konnte sich Diegos Stirnrunzeln vorstellen, wie er den Blick über seine Ziegenherde schweifen ließ oder in den aufgehenden Himmel blickte. „Anders wie? Ein neuer Fumarol? Oder…"

„Nein, Diego. Nicht wie das, was wir kennen. Es ist… es ist blau. Und es hat meine Drohne angegriffen. Es sendet Frequenzen aus, die… ich kann es nicht erklären." Leo spürte, wie er die Kontrolle verlor. Er sprach schneller, die Worte stolperten übereinander.

Wieder Stille. Diesmal länger. Leo hörte das leise Meckern von Ziegen im Hintergrund, das Rascheln von Blättern. Dann Diegos Stimme, noch tiefer und ernster als zuvor.

„Bleib, wo du bist, Leo. Ich komme." Keine Fragen, keine Zweifel. Nur diese unerschütterliche Loyalität. Das war Diego. Leo spürte einen winzigen Funken Hoffnung in der Dunkelheit seiner Angst. Wenn jemand ihm helfen konnte, das Undenkbare zu verstehen, dann war es Diego.

Nach geraumer Zeit hörte Leo ein schwaches Rascheln im Gebüsch, gefolgt von einem leisen Fluchen.

Aus dem dem grünen Unterholz trat eine Gestalt. Es war Diego, der alte Freund und lokale Bergführer, der für seine wagemutigen und manchmal leichtsinnigen Erkundungen abgelegener Gebiete bekannt war. Diego kannte die Insel wie seine Westentasche, scheute aber auch keine Risiken. Er hatte bereits seine Stirnlampe auf dem Kopf und trug einen Rucksack, der mit Seilen und Kletterausrüstung prall gefüllt war.

„Klingt nach einem neuen Lavatunnel. Vielleicht gibt es ja eine unentdeckte Höhle."

Leo stand auf, sein Herz pochte. „Diego, halt! Geh nicht näher ran! Da ist etwas... da unten ist etwas, das du nicht verstehen wirst. Meine Drohne ist abgestürzt. Es ist gefährlich."

Diego lachte nur. „Ach, du und deine außerirdischen Theorien, Leo. Ich bin schon in so vielen Löchern gewesen, da wird mir dieses eine auch nichts antun." Er ging unbeirrt auf den Kraterrand zu, seine Stirnlampe schnitt durch die Dunkelheit und traf auf das unheimliche blaue Leuchten aus der Tiefe.

„Wow!", rief er aus. „Das ist ja mal was Neues. Sieht aus wie ein Nachtclub für Gesteine. Sind das phosphoreszierende Minerale?" Er beugte sich über den Rand, seine Neugier war geweckt. „Und die Ritzungen! Alte Guanchen-Symbole? Ich muss da runter! Das ist ein Jahrhundertfund!"

„Nein, Diego!", rief Leo, doch es war zu spät. Diego war bereits dabei, sich an seinem Seil zu sichern. Leo wusste, dass Diego ein erfahrener Kletterer war, aber das hier war keine gewöhnliche Höhle.

„Ich bin gleich wieder da!", rief Diego über die Schulter, während er sich in den Abgrund abseilte. Seine Stirnlampe tanzte in der Dunkelheit, tauchte die blauen Wucherungen und die rätselhaften Ritzungen in gleißendes Licht.

Das Brummen aus der Sima schwoll an, wurde lauter, drängender. Und dann, wieder, dieses hohe, durchdringende Summen, das Leos Kopf zum Explodieren zu bringen schien. Diesmal war es stärker, intensiver als zuvor. Es kam aus der Tiefe, aus dem blauen Licht.

Auf dem Bildschirm seiner Fernbedienung, die er instinktiv wieder eingeschaltet hatte, sah Leo noch einmal das letzte Bild, das seine Drohne eingefangen hatte: ein amorphes, pulsierendes Etwas, das im blauen Licht schwebte, umgeben von unzähligen, feinen Tentakeln, die wie Spinnweben durch die Luft flirrten. Es war nicht fest, nicht flüssig, sondern etwas dazwischen. Lebendig.

Und dann sah er auf dem Bildschirm etwas, das ihn erstarren ließ. Diego, der sich an seinem Seil abseilte, wurde von dem Summen getroffen. Er zuckte zusammen, seine Bewegungen wurden steif, wie die einer Marionette, deren Fäden gekappt wurden. Seine Stirnlampe flackerte, sein Körper verdrehte sich unnatürlich. Er versuchte, sich am Seil festzuhalten, doch seine Hände glitten ab.

Mit einem stummen Schrei fiel Diego in die Tiefe. Das Seil,

das ihn gehalten hatte, peitschte in der Dunkelheit. Auf Leos Bildschirm, der noch immer auf die Sima gerichtet war, sah er einen letzten, verzerrten Blick auf Diego, der auf einem Felsvorsprung aufschlug, direkt neben den leuchtenden, fraktalen Ritzungen. Das blaue Licht pulsierte nun rasend schnell, und aus Diegos Körper schienen sich dünne, bläuliche Fäden zu lösen, die sich in die moosartigen Wucherungen der Wand einbetteten. Es war, als würde er assimiliert. Dann wurde der Bildschirm schwarz. Das Seil war gerissen.

Stille. Nur das tiefe, unheilvolle Brummen aus der Sima. Leo war wie gelähmt. Diego war verschwunden.

Kapitel 4

Die kalte Stille

Die Sonnenstrahlen, die sich mühsam über den Horizont von La Palma zwängten, fanden Leo immer noch am Kraterrand des Calderón de la Sima. Er war wie angewurzelt, sein Blick starr auf den dunklen Schlund gerichtet, aus dem nur noch ein schwaches, unregelmäßiges blaues Glimmen drang. Die Kälte, die aus der Tiefe aufstieg, hatte sich wie ein Schleier um ihn gelegt, eine Kälte, die nicht von Wind oder Temperatur kam, sondern von einer unheilvollen Präsenz.

Diego war weg. Verschwunden in diesem Abgrund, assimiliert von diesem undefinierbaren, blauen Etwas. Leos Kopf hämmerte. Das Summen, das er in seinen Ohren noch immer zu hören glaubte, war keine Einbildung gewesen. Es war eine Waffe gewesen, eine Frequenz, die das Leben lahmlegte, es absaugte. Die Bilder der bläulichen Fäden, die sich aus Diegos Körper lösten und in die Wucherungen übergingen, brannten sich in sein Gedächtnis ein. Es war kein bloßer Unfall. Es war ein Übergriff.

Panik stieg in ihm auf, kalt und schneidend. Er hatte die Behörden, die Polizei, kontaktieren wollen. Aber was sollte er sagen? „Ein außerirdisches Wesen in einem Vulkanloch hat meinen Freund gefressen und meine Drohne ausgeschaltet"? Sie würden ihn für verrückt erklären. Oder, schlimmer noch, sie würden das Gebiet sofort abriegeln, es zur Sperrzone erklären. Mit uniformierten Beamten, Absperrungen und einem Betretungsverbot. Seine Forschung wäre beendet. Diegos Rettung – wenn überhaupt noch eine

Chance bestand – wäre unmöglich. Das Gebiet würde zur Tabuzone, und die Insel würde unwissend weiterleben, während diese Bedrohung unter ihren Füßen lauerte.

Leo wusste, er war allein. Er konnte nicht die offizielle Route gehen. Er musste auf eigene Faust handeln. Aber wie? Er war ein Hobbyforscher, kein Militär. Er hatte keine Ausrüstung, um in diese Tiefen vorzudringen, geschweige denn, um sich gegen eine unbekannte Energieform zu verteidigen. Er war nur ein Mann, der zufällig auf ein Geheimnis gestoßen war, das die Welt verändern konnte. Und dieser Gedanke, die unermessliche Last dieses Wissens, drohte ihn zu erdrücken.

Kapitel 5

Die Last des Alleinseins

Der tote Bildschirm der Fernbedienung spiegelte Leos eigenes Schreckgespenst wider. Die Drohne war weg, und mit ihr die letzte direkte Verbindung zu Diego. Das Brummen aus der Sima schien nun direkt in seinem Kopf zu pulsieren, ein Triumphgesang der unbekannten Intelligenz. Er war gescheitert. Hatte er Diego getötet? Der Gedanke war unerträglich. Kalter Schweiß brach ihm aus. Er schmeckte Galle im Mund.

Leo taumelte vom Kraterrand zurück zu seinem Wagen, seine Beine waren wie Blei. Er musste weg, aber wohin? Die Realität seiner Isolation schlug ihn mit voller Wucht. Als Hobby-Vulkanologe und Archäologe hatte er keinen Zugang zu den Ressourcen, die er jetzt brauchte. Keine Kollegen, die seine wilden Theorien ernst nehmen würden. Keine Behörden, die nicht sofort den Daumen senken und das Gebiet abriegeln würden, bevor er auch nur ein Wort über leuchtende Pflanzen oder summende Wesen in einem Vulkankrater verlieren konnte. Ein Sperrgebiet – das wäre das Ende. Das Ende seiner Forschung, das Ende von Diegos Rettungschance. Und wahrscheinlich das Ende der Insel.

Die Sonne kämpfte sich mühsam durch die Wolken, warf gespenstisches Licht auf die Landschaft. La Palma schien unter dem blassen Schein zu zittern. Leo wusste, dass er nicht zur Guardia Civil gehen konnte. Er würde als Verrückter abgestempelt, seine Daten würden als Fälschung abgetan, und der Calderón de la Sima würde zum Hochsicherheitsbereich erklärt, unerreichbar für ihn. Diego wäre dann endgültig verloren, begraben unter Bürokratie und Skepsis.

Er musste eine andere Lösung finden. Eine unabhängige Lösung. Jemand, der nicht an Protokolle oder Behörden gebunden war, aber die nötigen Fähigkeiten besaß, um in solche Tiefen vorzudringen. Und der ihm vertrauen konnte.

Er fuhr ziellos die gewundenen Straßen entlang, die Gedanken rasten in seinem Kopf. Seine wenigen Kontakte auf der Insel. Da war niemand, der ihm bei so etwas helfen konnte. Oder doch? Die Verzweiflung war so groß, dass er begann, unwahrscheinliche Szenarien durchzuspielen. Er dachte an die Fischer im Hafen, an die Bauern in ihren Fincas, an die Touristen, die ahnungslos die Wanderwege bevölkerten. Niemand von ihnen hatte die geringste Ahnung, was unter ihren Füßen erwachte.

Plötzlich blitze ein Name in seinem Kopf auf, wie ein ferner Lichtpunkt in der Dunkelheit. Miguel. Miguel, der ehemalige Höhlenforscher, der jetzt eine kleine Tauchschule in Puerto Naos betrieb. Ein eigenwilliger Kauz, ja, aber auch ein Meister der Seiltechnik und des Überlebens in extremen Umgebungen. Leo hatte ihn vor Jahren einmal bei der Erkundung einer Unterwasserhöhle begleitet. Miguel war nicht nur geschickt, sondern auch von einer fast kindlichen Neugier auf das Unbekannte angetrieben – eine Neugier, die vielleicht ausreichte, um das Unfassbare zu akzeptieren. Und er war absolut diskret. Wenn jemand helfen konnte, ohne Aufsehen zu erregen, dann er.

Leo gab Gas. Das Geräusch des Motors füllte die Stille des Wagens, doch in seinem Kopf tobte ein Sturm. Puerto Naos war eine knappe Autostunde entfernt, doch die Straße dorthin schien sich ins Unendliche zu ziehen. Jeder Kilometer war eine Qual, genährt von der Ungewissheit über Diegos

Schicksal und der erdrückenden Last des Wissens, das er allein trug. Die Bilder der blauen Wucherungen, das Summen in seinen Ohren, das Gefühl der hilflosen Wut, als seine Drohne verschwand – all das vermischte sich zu einem toxischen Cocktail aus Adrenalin und Verzweiflung.

Er presste die Lippen aufeinander. Diego. Sein Freund. Der Fels in der Brandung, der Mann, der sich vor nichts fürchtete, der jede Felsspalte der Insel kannte. Und jetzt war er verschwunden. Hatte das Ding in der Sima ihn geholt? Oder war er verletzt? Verschüttet? Die Bilder von Diegos besorgtem Gesicht, als er am Telefon war, brannten sich in Leos Netzhaut. Er hatte ihn in diese Gefahr gebracht. Das war die schwerste Bürde. Ein Stich in der Brust, der schmerzhafter war als jede physische Verletzung.

Leo wusste, dass er Miguel überzeugen musste. Miguel, der Höhlenforscher, der einzige Mann auf der Insel, der die nötige Erfahrung und Ausrüstung hatte, um in diesen blauen Abgrund hinabzusteigen. Der Gedanke, einen weiteren Menschen in diese Dunkelheit zu schicken, verursachte ihm Übelkeit. Doch es gab keine andere Wahl. Das Phänomen in der Sima, dieses lebendige Etwas aus Frequenz und Licht, war nicht nur eine wissenschaftliche Kuriosität. Es war eine Bedrohung. Eine Bedrohung, die Diego verschlungen hatte und die möglicherweise die gesamte Insel infizieren könnte, wenn er die Messwerte richtig deutete.

Er musste Miguel die Wahrheit sagen. Zumindest einen Teil davon. Würde Miguel ihm glauben? Die Geschichte klang wie der Plot eines schlechten Science-Fiction-Films. "Ein pulsierendes blaues Wesen in einem Vulkankrater hat meinen Freund verschluckt und sendet böse Frequenzen aus." Leo schluckte. Er würde die Fakten präsentieren, die Messwerte, die Drohnenaufnahmen, die – hoffentlich –

noch irgendwo auf seiner SD-Karte existierten. Er würde Miguels wissenschaftliche Neugier wecken, seine Abenteuerlust. Und er würde an seinen Mut appellieren.

Die Zeit rann ihm davon. Jeder verstreichende Moment erhöhte das Risiko für Diego. Und für La Palma. Leo wusste, dass er nicht zur Polizei gehen konnte. Sie würden ihn für verrückt erklären oder das Gebiet abriegeln, ohne zu verstehen, was wirklich auf dem Spiel stand. Die Geheimhaltung war entscheidend, solange er keine handfesten Beweise hatte. Nur er, Miguel und – vielleicht – die unsichtbaren Hüter des alten Wissens, die Diego so gut kannte. Der Druck lastete schwer auf ihm. Er war kein Held, nur ein Vulkanologe mit einer Leidenschaft für Gestein und einer plötzlichen, tödlichen Begegnung mit dem Unbekannten.

Die vertrauten Umrisse von Puerto Naos tauchten in der Ferne auf. Palmen säumten die Küste, und die ersten Fischerboote zogen ihre Netze ein. Ein Bild des Friedens, das in scharfem Kontrast zu dem Chaos in Leos Kopf stand. Er musste Miguel dazu bringen, in diesen blauen Abgrund hinabzusteigen. Und Miguel durfte nicht dasselbe Schicksal erleiden wie Diego. Nicht unter seiner Verantwortung.

Kapitel 6

Ein eigenwilliger Verbündeter

Die Fahrt nach Puerto Naos war eine Tortur aus quälenden Gedanken und aufkeimender Angst. Der Nebel, der sich über die Höhen der Insel legte, schien sich auch in Leos Verstand auszubreiten, die klaren Konturen seiner Verzweiflung verschwimmen zu lassen. Doch die Hoffnung auf Miguel war ein schwacher Anker in diesem Sturm.

Als Leo schließlich in Puerto Naos ankam, hing die Luft schwer und salzig. Der kleine Küstenort schien sich noch im Halbschlaf zu befinden, die Fischerboote schaukelten sanft im Hafen.

Miguels Tauchschule "El Buzo Loco" (Der verrückte Taucher) lag versteckt in einer kleinen Gasse, ihre Fassade mit verblichenen Fotos von Unterwasserhöhlen und stolzen Tauchern geschmückt.

Miguel selbst war ein Anblick, der zu seinem Spitznamen passte. Ein drahtiger Mann Ende vierzig, mit einem wettergegerbten Gesicht, das von unzähligen Stunden unter Wasser und in Höhlen gezeichnet war. Seine Augen, umgeben von Lachfalten, blitzten jedoch mit einer überraschenden Intelligenz.

Er war gerade dabei, Tauchflaschen aufzuladen, als Leo in der Tür stand, sein Gesicht von der Anspannung und dem Schlafentzug gezeichnet.

"Leo! Was zum Teufel machst du denn hier?", rief Miguel, sichtlich überrascht. Er kannte Leos Besuche nur, wenn es um eine neue, abgelegene Höhle ging, die Leo archäolo-

gisch erkunden wollte. Aber dieser Blick in Leos Augen...
der war neu.

Leo versuchte, ruhig zu bleiben, doch seine Stimme zitterte.
"Miguel, ich brauche deine Hilfe. Es ist dringend. Es geht
um... den Calderón de la Sima."

Miguels Stirn legte sich in Falten. "Die Sima? Was ist da
los? Hat da einen Tourist in der Höhle gefunden?"

"Nein", sagte Leo, trat näher und senkte die Stimme. "Etwas viel Größeres. Etwas, das alles verändert, was wir über
diese Insel wissen. Oder über die Welt."

Er zückte sein Tablet und hielt Miguel die wild zuckenden
Frequenzmuster und die Bilder der blauen Wucherungen
entgegen. "Ich war dort. In der Nacht. Es brummt. Es
leuchtet. Und es... es hat Diego. Er ist in die Lavatube ge-
stiegen, und dann war der Kontakt weg."

Miguel starrte auf das Tablet, dann auf Leos fieberhaftes
Gesicht. Eine lange Stille legte sich zwischen sie, nur unterbrochen vom Zischen der Tauchflaschen.

Er kannte Leo. Er wusste, dass dieser Mann keine Witze
machte, wenn es um seine Obsessionen ging. Doch die Bilder waren unwirklich. Das blaue Leuchten, die fremdarti-
gen Muster – das war etwas, das er noch nie gesehen hatte,
nicht in den tiefsten Höhlen, nicht in den dunkelsten Unter-
wasserlabyrinthen.

"Diego ist da unten?", fragte Miguel schließlich, seine
Stimme ungewöhnlich ernst. Diego war ein bekannter Bergführer, eine Säule der Gemeinschaft.

Leo nickte, die Verzweiflung kehrte in seine Augen zurück.
"Ich konnte nicht hinunter. Das Loch ist zu steil, 30, 40 Meter. Und ich habe meine Drohne verloren. Das Ding da un-

ten... es hat sie einfach ausgeschaltet. Es hat auf Diego reagiert."

Miguel strich sich über sein Kinn, seine Augen wanderten zwischen dem Tablet und Leos Gesicht hin und her. Der Ausdruck war eine Mischung aus Skepsis und einer Art kindlicher Faszination, die Leo als seine größte Hoffnung erkannte.

"Außerirdische Energie in einem Vulkanloch, das die Drohnen abstürzen lässt und Bergführer verschwinden lässt?Leo, du bist verrückt."

Er schüttelte den Kopf, doch ein leichtes Lächeln spielte um seine Lippen. "Aber... du bist nicht verrückter als das, was ich manchmal unter Wasser sehe. Oder das, was die alten Fischer erzählen."

Er legte das Tablet beiseite und sah Leo direkt an. "Wenn Diego da unten ist, holen wir ihn raus. Aber das wird nicht einfach. Wir brauchen Ausrüstung. Und wir brauchen einen Plan. Und wir brauchen absolute Diskretion.

Wenn das, was du sagst, nur annähernd stimmt, dann ist das hier keine Sache für die Guardia Civil. Die würden das Loch sofort sprengen und alles vertuschen, um Panik zu vermeiden. Und dann wäre Diego für immer weg." Miguel hatte das politische Gespür, das Leo fehlte.

Ein Seufzer der Erleichterung entwich Leos Brust. Er hatte einen Verbündeten. Einen verrückten, aber fähigen Verbündeten. "Danke, Miguel. Wir müssen es schnell tun. Ich habe das Gefühl, die Zeit rennt uns davon."

Miguel nickte. "Ich habe das Gefühl, du hast recht. Dieses Brummen, von dem du sprichst... Ich dachte, ich hätte es gestern Nacht auch gehört. Ein bisschen. Aber ich dachte, ich hätte nur zu viel Dorfwasser getrunken." Er schmunzelte grimmig. "Also, Mr. Richter, was ist der Plan für unseren Trip zum Herz der Finsternis?"

Kapitel 7

Das Brodeln der Insel

Während Leo und Miguel in der Tauchschule fieberhaft einen Plan schmiedeten, begann La Palma, unter einer unsichtbaren Spannung zu brodeln. Das tiefe Brummen, das Leo als Erster gespürt hatte, war nicht länger auf den Calderón de la Sima beschränkt. Es breitete sich aus, ein subtiler, aber unheilvoller Teppich, der sich über die gesamte Insel legte.

In den malerischen Küstenstädten, wo normalerweise Gelächter und Musik von den Terrassen schallten, herrschte eine ungewohnte Stille. Die Hunde winselten in ihren Zwingern, die Katzen miauten unaufhörlich, ihre Ohren zuckten in Richtung des unsichtbaren Tons. Die Vögel, die sonst in Schwärmen am Himmel tanzten, blieben in ihren Nestern, ihre Rufe verstummten. Selbst das Meeresrauschen schien gedämpft, als ob die Wellen selbst von der ungewöhnlichen Frequenz absorbiert würden.

Die ersten Menschen bemerkten es nur als eine leichte Verstimmung. Ein pochender Kopfschmerz, der sich nicht mit Aspirin vertreiben ließ. Eine unerklärliche Müdigkeit, die den Schlaf nicht vertrieb.

Viele schoben es auf den Wetterumschwung, den anhaltenden Staub aus der Sahara oder einfach nur auf den Stress des Alltags. Doch die Symptome häuften sich. Bauern beklagten sich über unerklärlich verwelkte Pflanzen auf ihren Fincas, obwohl sie ausreichend bewässert wurden. Fischer fanden Fische mit seltsamen Hautveränderungen in ihren Netzen, oder beobachteten, wie ganze Fischschwärme panisch ins offene Meer flüchteten.

In den Dörfern kam es zu kurzen, unerklärlichen Stromausfällen. Die Lichter flackerten, Radios rauschten, und digitale Geräte zeigten Fehlfunktionen. Die lokalen Elektriker waren ratlos, schoben es auf altersbedingte Leitungen oder überlastete Netze. Doch Leo wusste, dass es die elektromagnetischen Felder der Lavatube waren, die sich nun ausbreiteten, die zarte Infrastruktur der Insel störten. Die Energie, die aus der Tiefe strömte, war mächtig genug, um die Gesetze der Physik neu zu schreiben.

Gerüchte machten die Runde, geflüstert in den Cafés und auf den Plätzen. Die alten Geschichten über die "malas energías" der Insel, über Geister und böse Omen, wurden wiederbelebt. Die Wissenschaftler vom Observatorium auf dem Roque de los Muchachos berichteten von seltsamen atmosphärischen Störungen, die ihre Teleskope beeinträchtigten und die Daten verzerrten. Sie dachten an eine ungewöhnliche Sonnenaktivität oder eine meteorologische Anomalie. Sie ahnten nicht, dass die Störung unter ihren Füßen lag.

Währenddessen, in Miguels Tauchschule, überprüfte Leo die Sensoren für ihre bevorstehende Expedition. Die Frequenzmessungen zeigten eine exponentielle Zunahme der Aktivität aus dem Krater. Das Brummen war nicht mehr nur ein Geräusch; es war ein Signal, das stärker wurde, ein Vorbote für etwas viel Größeres. Sie mussten schnell sein. Die Insel wurde nicht nur krank; sie wurde vorbereitet.

Kapitel 8

Der Plan zur Hölle und die Schatten der Vergangenheit

Miguels Tauchschule verwandelte sich in den nächsten Stunden in ein provisorisches Hauptquartier. Die Tauchflaschen und Schnorchel wurden zur Seite geschoben, um Platz für Kletterseile, Karabiner, Stirnlampen und Notfallausrüstung zu schaffen.

Miguel arbeitete mit der ruhigen Effizienz eines Mannes, der sein Leben lang mit den Gefahren der Natur konfrontiert war. Seine Finger knoteten Seile mit einer Präzision, die von unzähligen Abstiegen in Höhlen und Wracks zeugte. Leo versuchte zu helfen, aber seine Ungeduld und die Sorge um Diego ließen ihn beinahe tollpatschig erscheinen.

"Langsam, Leo", sagte Miguel, ohne aufzusehen, während er einen komplexen Achterknoten band. "Eile ist der größte Feind da unten. Und Unachtsamkeit tötet schneller als jedes Monster." Er wusste, dass Leo am Limit war.

Sie diskutierten die Ausrüstung und das Vorgehen. Miguel bestand auf einem Redundanzsystem: zwei unabhängige Seile, separate Sicherungen, Helme mit leistungsstarken Kopflampen und Funkverbindung. "Wir gehen nicht blind in irgendein Loch, Leo. Wir gehen vorbereitet in *dein* Loch. Und wir kommen auch wieder raus."

"Und wenn wir nicht rauskommen, Miguel? Wenn das Ding... das was meine Drohne ausgeschaltet hat, uns angreift?" Leos Stimme war nur ein Flüstern.

Miguel zuckte die Achseln. "Dann haben wir Pech gehabt. Aber wir erhöhen unsere Chancen, indem wir nicht wie Amateure vorgehen." Er hielt inne und sah Leo an. "Erzähl mir nochmal von den Ritzungen. Ganz genau. Was hast du gesehen?"

Leo zückte sein Tablet. Trotz des Absturzes der Drohne hatte er einige der Fotos der Ritzungen vor ihrem Absturz auf eine Cloud hochladen können.

Er zoomte in die filigranen Linien, die im bläulichen Schimmer der Fotos so unwirklich aussahen. "Sie waren... anders. Nicht wie die Guanchen-Symbole, die ich kenne. Perfekte Fraktalgeometrie. Und sie leuchteten. Synchron zum Brummen."

Miguel pfiff leise. Er war kein Archäologe, aber er hatte ein Auge für Details und eine tiefe Wertschätzung für die alten Kulturen seiner Heimat.

"Die Guanchen... meine Großmutter hat immer erzählt, dass sie nicht die Ersten waren. Dass es davor schon andere gegeben haben soll. Schattenwesen. Die das Land geformt haben." Er hob eine Augenbraue. "Du meinst, diese Ritzungen stammen von den 'Schattenwesen'?"

"Ich sage nur, ihre Felsritzungen sind rätselhaft, und ihre Pyramiden deuten auf ein Wissen hin, das sie eigentlich nicht besessen haben dürften, wenn man sie als isoliertes, primitives Volk betrachtet", erwiderte Leo.

"Vielleicht sind diese 'Sümpfe der Sterne' und 'Steinhaufen der Macht' genau die Orte, an denen sie mit diesen Energien, diesen Frequenzen interagierten. Vielleicht ist die Sima ein solcher Ort, ein Tor, das sich jetzt wieder öffnet." Leos Augen leuchteten. "Es ist denkbar, dass die Guanchen auf eine Weise mit dieser Energie in Kontakt standen, die wir erst jetzt wiederentdecken. Sie haben versucht, sie zu verstehen, zu nutzen oder vielleicht sogar zu kontrollieren. Oder sie haben einfach nur aufgezeichnet, was sie sahen."

Die Erwähnung der Guanchen lenkte das Gespräch auf eine faszinierende Fährte. Die Guanchen, die Ureinwohner der Kanarischen Inseln, waren für Leo nicht nur ein Studienobjekt, sondern eine Quelle unendlicher Faszination.

Sie waren ein Volk, das in einer isolierten Welt gelebt hatte und doch erstaunliche Errungenschaften vollbrachte. Ihre Kultur war voller Mysterien, die bis heute Historiker und Archäologen weltweit beschäftigen.

"Die Guanchen waren ein erstaunliches Volk", begann Leo, seine Stimme nahm einen wissenschaftlicheren, aber nicht weniger leidenschaftlichen Ton an. "Man kennt sie vor allem durch die rätselhaften Felsritzungen auf La Palma, El Hierro, Gran Canaria und Teneriffa – die sogenannten Petroglyphen. Spiralen, Labyrinthe, geometrische Muster...

Niemand weiß genau, wozu sie dienten. Waren es kultische Zwecke? Astronomische Kalender? Oder vielleicht doch Aufzeichnungen von etwas, das sie sahen oder erlebten?"

Miguel kannte die Legenden. "Die alten Leute erzählen von den 'Sümpfen der Sterne', von Orten, an denen die Götter die Erde berührten. Und von den 'Steinhaufen der Macht', die sie errichteten, um den Sternen näher zu sein."

"Genau!" Leo nickte eifrig. "Und das ist das Faszinierende: Es gibt auf den Kanaren, auch hier auf La Palma in Garafia und den Brenas, sogenannte Pyramiden. Kleine, stufenförmige Konstruktionen aus Lavastein. Die bekanntesten sind jedoch die Pyramiden von Güímar auf Teneriffa.

Pyramide von Los Cancajos auf La Palma

Jahrelang wurden sie von Archäologen als einfache Terrassen oder landwirtschaftliche Strukturen abgetan. Aber ihre präzise Ausrichtung zur Sonne bei den Sommer- und Wintersonnenwenden, ihre Bauweise ohne Mörtel...

Das deutet auf eine viel komplexere, rituelle Bedeutung hin, die weit über das hinausgeht, was wir über die Guanchen zu wissen glauben. Thor Heyerdahl selbst, der norwegische Forscher, hat sie als echte Pyramiden anerkannt, die eine Verbindung zu ähnlichen Bauten in Mittelamerika und Ägypten haben könnten."

Leo lehnte sich vor. "Prähistorische Funde sind auch heute noch auf La Palma zu machen. Nicht im Museum, sondern bei Streifzügen durch die wildverwachsene, unberührte Natur. Mit etwas Interesse und dem Blick auch auf Kleinigkeiten, können abseits von Wegen und Pfaden frühzeitliche Fragmente, Felsgravuren oder etwa eine Steinmaske gefunden werden.

Ein Maskenstein mit einem menschlichem Antlitz – eines Königs oder vielleicht eines Gottes der Urbevölkerung. Solch eine Steinmaske wurde 2015 im Norden der Insel, im schwach besiedelten Gebiet um Garafía, entdeckt.

Man vermutet, sie war ein wichtiges Element der Götterverehrung oder bei rituellen Zeremonien, vielleicht sogar ein bedeutender Baustein einer einstigen Pyramide, auf der nach alten Berichten die letzte Krönung des Guanchen-Königs von La Palma stattfand."

"Und die Felsgravuren und Wohnhöhlen im Parque Cultural La Zarza y La Zarcita im Norden zeigen die wichtigsten prähistorischen Guanchen-Ressourcen aus dieser Zeit.

Aber selbst dort sind nur die oberflächlichen Spuren erkundet." Leo seufzte. "Überhaupt hat sich die Archäologie von La Palma sehr spät mit ihren Urahnen befasst. Erst seit den 1980er Jahren wird zögernd Feldforschung betrieben.

Vieles ging inzwischen auch unwiederbringlich verloren oder wurde aus Unkenntnis zerstört. Die alten Seelensteine oder Menhire – eine Art Grabstein – sind besonders auffällige Steine, zu denen die Guanchen kleine Opfergaben brachten, die von den 'Seelenvögeln' – Raben, Falken, Adler – aufgenommen und fortgetragen wurden.

Der Vogel wurde als Reinkarnation des Verstorbenen angesehen. Die Seele des Toten lebte im Seelenvogel weiter. Einige Seelensteine sind noch erhalten oder liegen zerbrochen unbeachtet in der Flur."

"Es gibt noch einige unentdeckte Ecken, die von der archäologischen Disziplin bisher nicht erfasst und erkundet wurden.

Es waren Ausländer wie der Norweger Thor Heyerdahl auf Teneriffa, die Deutschen Harald Braem, Michael Fleck oder der österreichische Geologe R.F. Ertl auf La Palma, die wissenschaftlich die Spuren aufnahmen und prähistorische Funde präsentierten.

Bleibt zu hoffen, dass bald der Spruch 'Wer die Ahnen nicht ehrt, hat die Zukunft verwehrt' auch bei den staatlich bestellten Archäologen ankommt."

Miguel schwieg einen Moment, seine Augen wanderten über die leuchtenden Symbole auf Leos Tablet. "Also sind wir nicht nur auf einer Rettungsmission, sondern auf einer archäologischen Expedition, die die Welt verändern könnte?", murmelte er. "Ich dachte, ich hätte schon alles gesehen." Er schüttelte leicht den Kopf. "Gut. Wir nehmen die Seilwinde mit, falls Diego sich nicht bewegen kann. Genügend Licht. Und du nimmst dieses Ding hier."

Er reichte Leo ein kleines, robustes Funkgerät. "Immer in Kontakt bleiben. Egal was passiert. Und wenn ich schreie, zieh mich hoch. Sofort."

Leo nickte. Die Last auf seinen Schultern war nicht leichter geworden, aber er trug sie nicht mehr allein. Ein Funken Hoffnung mischte sich mit der drängenden Angst.

Kapitel 9

Im Schlund der Dunkelheit

Der Wind pfiff scharf um den Kraterrand des Calderón de la Sima, als Leo und Miguel Stunden später zurückkehrten. Die Wolken hingen tief, und eine feine Gischt aus dem Atlantik lag in der Luft. Doch die Kälte, die aus dem Loch drang, war tiefer als jede natürliche Kälte, ein klammer Griff, der bis ins Mark ging.

Die Zeit drängte. Jede Stunde, die verging, während Diego in dieser unheilvollen Tiefe gefangen war, verringerte seine Überlebenschancen.

Miguel, konzentriert und ruhig, begann mit den Vorbereitungen. Er befestigte die massive Seilwinde an drei separaten Felsankern, die er mit geübtem Auge auswählte. Er warf das Hauptseil in die Tiefe, gefolgt von einem dünneren Sicherungsseil. Leo, mit Herzklopfen im Hals, befestigte das Funkgerät an seiner Brust und kontrollierte zum zehnten Mal seine Stirnlampe. Das Licht war diesmal um ein Vielfaches stärker als das seiner alten LED-Lampe, ein breiter Strahl, der die Dunkelheit durchdringen sollte.

"Ich gehe zuerst", sagte Miguel, seine Stimme klang gedämpft unter dem Helm. "Ich habe mehr Erfahrung mit solchen Tiefen. Du bleibst an der Winde und folgst, wenn ich grünes Licht gebe. Funkkontakt halten, Leo. Jede Sekunde."

Leo nickte, sein Mund war trocken. Er konnte nur hoffen, dass Miguel nicht dasselbe Schicksal ereilte wie Diego. Die Verantwortung lastete schwer auf ihm.

Miguel klinkte sich in den Abseilachter und ließ sich langsam über den Rand gleiten. Seine Bewegungen waren flüssig und kontrolliert, die eines erfahrenen Bergsteigers.

Die Stirnlampe an seinem Helm schnitt einen gleißenden Kegel in die blaue Dämmerung, die aus der Lavatube aufstieg. Das tiefe Brummen, das Leo bereits am Kraterrand deutlich spürte, wurde nun mit jedem Meter, den Miguel in die Tiefe sank, intensiver. Es war ein dröhnender Bass, der die Luft vibrieren ließ und eine unheimliche Spannung erzeugte.

Nach etwa zehn Metern hörte Leo Miguels gedämpfte Stimme über Funk: "Die Kälte ist… anders. Und das Licht… es ist, als wäre man unter Wasser." Er pausierte. "Ich sehe die Wucherungen. Sie sind dichter. Und sie pulsieren stärker als auf deinen Fotos, Leo."

Leos Blick war auf den Schacht geheftet, den Miguel hinabstieg. Das blaue Leuchten wurde immer intensiver, und die Konturen von Miguels Helm und Schultern verschwanden langsam im unnatürlichen Schein. Die Wände der Lavatube schienen in diesem Licht zu atmen, ein seltsames, fast organisches Glühen.

"Ich bin bei etwa dreißig Metern", meldete Miguel. Seine Stimme klang nun angespannter.

"Das Brummen ist... überwältigend. Und ich höre dieses Summen wieder, Leo. Viel lauter als das letzte Mal. Es kommt von überall. Es fühlt sich an, als würde es direkt in meinen Kopf kriechen."

Dann, plötzlich, hörte Leo ein gedämpftes, aber deutliches Keuchen über Funk – ein Geräusch, das zu vertraut war. "Miguel? Was ist los? Miguel!"

Die Antwort war ein verzerrtes Rauschen, gefolgt von einem leisen, mechanischen Knistern – das Geräusch eines Kampfes, eines Absturzes. Dann, die Stille. Eine ohrenbetäubende, panische Stille.

"Miguel! Miguel, antworte! Was ist da unten passiert?" Leos Schreie hallten in der stillen Luft wider, doch nur das dröhnende Brummen aus der Lavatube antwortete ihm.

Er wartete keine Sekunde. Miguel war in Gefahr. Die Angst um Diego und Miguel trieb ihn an. Er klinkte sich hastig in sein eigenes Abseilgeschirr, ohne auf Miguels Freigabe zu warten, und ließ sich an der Winde hinab.

Der Abstieg war ein Sturz in die Dunkelheit, durchbrochen vom irrealen blauen Leuchten. Die Kälte schlug ihm entgegen, der süßliche, mineralische Geruch wurde stechend.

Das Brummen war jetzt eine physische Gewalt, die ihn durchschüttelte, seine Organe vibrieren ließ. Seine Stirnlampe durchschnitt das Azurblau, enthüllte die glitschigen, schimmernden Wucherungen, die wie ein lebendes Netzwerk die Wände überzogen. Sie pulsierten nicht nur, sie zuckten, streckten sich wie Ranken in die Leere.

Bei etwa fünfunddreißig Metern sah Leo ihn. Miguel lag auf demselben Felsvorsprung, auf dem Diego gelegen hatte. Er war bewusstlos, sein Körper verdreht, die Augen halb geöffnet, starr und glasig. Doch anders als bei Diego war Miguel noch in sein Sicherungssystem eingeklinkt. Er zitterte unkontrolliert.

Über ihm, in der Mitte der Lavatube, schwebte es. Es war nicht ein einzelnes Wesen, sondern eine Ansammlung von Energie und leuchtendem Organismus, die sich langsam,

fast atmend, durch die Luft bewegte. Es war größer als auf den Drohnenbildern erschienen, ein amorphes Gebilde aus pulsierendem Blau und undefinierbaren Formen, das sich ständig veränderte.

Es glühte in einem tiefen Azur, mal heller, mal dunkler, im Rhythmus des alles durchdringenden Brummens. Von ihm ging das hohe, summende Geräusch aus, das die Drohne zum Absturz gebracht hatte – ein Infraschall, der Leos Schädel zu sprengen drohte.

Leos Augen weiteten sich, als er sah, was mit Diego geschehen war. Der Bergführer lag nicht nur bewusstlos da. Von seinem Körper aus, insbesondere aus den Ohren und dem Mund, schien eine feine, bläuliche Substanz zu strömen, die sich in die moosartigen Wucherungen am Felsvorsprung einbettete.

Es war, als würde er assimiliert, seine Energie, seine Lebenskraft von dem Gebilde aufgenommen.

Und dann sah Leo es: Ähnliche, dünne, leuchtende Fäden schienen auch von Miguel auszugehen, wenn auch noch schwächer. Das Wesen war nicht nur eine Energiequelle; es war eine parasitäre Intelligenz, die sich von der Lebensenergie ernährte.

Das Amorphe Gebilde über ihnen pulsierte nun schneller, sein blaues Leuchten wurde gleißend hell. Leo spürte, wie der Infraschall in seine eigene Brust drang, wie seine Muskeln anfingen zu zucken, sein Verstand zu benebeln begann.

Die Bilder der Guanchen-Ritzungen, der Pyramiden, der Seelensteine schossen ihm durch den Kopf. Hatten die Ahnen genau das gewusst? Hatten sie versucht, davor zu warnen? Dieses Ding war uralt. Und hungrig.

Er musste Diego und Miguel da rausholen. Jetzt. Bevor es zu spät war.

Kapitel 10

Der Kampf um die Seele

Das dröhnende Brummen wurde zu einer unerträglichen Kakophonie in Leos Schädel. Das amorphe, pulsierende Gebilde schwebte über ihm, ein Albtraum aus blauem Licht und undefinierbaren Formen.

Er spürte, wie der Infraschall seine Muskeln verkrampfte, wie eine unsichtbare Hand nach seinem Verstand griff. Der süßliche Geruch der Lavatube wurde zu einem erstickenden Dunst, der seine Lungen füllte und ihm schwindlig werden ließ. Doch der Anblick von Diego und Miguel, gefangen in diesem parasitären Netz, durchbrach den Schleier des Schocks.

"Miguel! Diego!", rief Leo, seine Stimme klang heiser und fremd. Er klinkte sich vom Sicherungsseil aus und versuchte, zu Miguel auf dem schmalen Felsvorsprung zu gelangen.

Der Boden war glitschig, und er musste sich an den moosigen Wucherungen festhalten, die nun pulsierend auf seine Berührung reagierten. Die bläulichen Fäden, die von Miguel ausgingen und sich in das Gestein bohrten, waren dünner als bei Diego, aber sie waren da. Miguel zitterte unkontrolliert, ein leises Wimmern entwich seinen Lippen.

Leo zog das Funkgerät hervor und versuchte, Miguel zu erreichen, doch er hörte nur noch ein knisterndes Rauschen. Die Frequenzen der Intelligenz überlagerten alles. Er war auf sich allein gestellt.

Mit letzter Kraft befestigte Leo die Seilwinde an Miguels

Gurt. Die Kurbel war schwergängig, die Elektrizität schien in diesem Feld der fremden Energie zu versagen. Jede Bewegung kostete ihn immense Anstrengung.

Das Brummen war so stark, dass es ihm das Gefühl gab, seine Schädeldecke würde jeden Moment platzen. Der hohe, summende Ton des amorphen Wesens schien sich direkt in seine Ohren zu bohren, eine unheimliche Melodie aus reinem Terror.

Während er kurbelte, bemerkte Leo, wie das pulsierende Gebilde über ihnen auf ihre Anwesenheit reagierte. Es begann sich schneller zu bewegen, wie ein riesiger, blauer Oktopus, der sich in der Luft windet.

Einzelne Fäden schossen von ihm herab, fast durchsichtig, aber mit einem kalten, brennenden Gefühl, wenn sie seine Haut streiften. Es waren winzige Tentakel, die versuchten, sich an ihm festzuhalten, seine Lebensenergie abzuzapfen. Leo zuckte zusammen, schlug die Fäden weg, aber es waren zu viele. Sie waren überall.

Er zog Miguel Zentimeter für Zentimeter nach oben. Miguel war schwer, sein Körper schien bleiern. Als er ihn endlich über den Felsvorsprung und auf eine stabilere Ebene gezogen hatte, widmete sich Leo sofort Diego.

Diego lag immer noch regungslos da, seine Augen weit geöffnet, aufgerissen von etwas Unsichtbarem. Die blaufarbenen Fäden, die von ihm ausgingen, waren dicker, schienen tief in sein Fleisch eingedrungen zu sein. Es war, als würde er langsam zu einem Teil der Lavatube, zu einem Teil der Intelligenz.

Die Verzweiflung trieb Leo an die Grenzen seiner körperlichen und geistigen Leistungsfähigkeit. Er befestigte auch

Diegos Gurt an der Winde. Das amorphe Gebilde über ihnen stieß ein klagendes Heulen aus, das nicht mehr nur ein Ton war, sondern ein direkter Angriff auf sein Bewusstsein. Bilder schossen durch Leos Kopf: uralte Zivilisationen, die unter diesem Einfluss zerfielen, Planeten, deren Lebensenergie aufgesogen wurde.

Er sah die Guanchen, ihre Augen starr und leer, wie sie ihre Ritzungen in die Felsen meißelten, nicht als Warnung, sondern als letztes Zeugnis ihrer untergehenden Seelen.

Er schüttelte den Kopf, um die Visionen zu vertreiben. Das war eine Täuschung, eine Waffe der Intelligenz. Er musste sich wehren. Er musste Diego und Miguel retten.

Mit letzter Kraft begann er, die Winde für Diego zu kurbeln. Das Seil ruckelte, quietschte unter der Last.

Das blaue Gebilde tauchte tiefer, sandte mehr seiner Fäden herab, die sich nun mit größerer Aggressivität an Leo klammerten.

Er spürte, wie seine eigene Energie abfloss, wie ein Teil von ihm in dieses pulsierende Blau gesaugt wurde. Seine Hände wurden taub, seine Sicht verschwamm. Doch er hielt durch.

Als er Diego endlich in greifbare Nähe hatte, zog Leo ihn mit einer letzten Anstrengung auf den Felsvorsprung, neben Miguel. Beide Männer waren blass, ihre Haut wirkte fahl im blauen Licht. Die bläulichen Fäden pulsierten auf ihrer Haut, ein makabres, schimmerndes Tattoo.

Leo wusste, er musste sie so schnell wie möglich aus dieser Hölle holen.

Die Lavatube schien sich nun um sie zu schließen, das Brummen wurde zu einem dröhnenden Crescendo. Das amorphe Gebilde senkte sich weiter herab, seine Fäden wie hungrige Schlangen, die nach ihnen griffen. Leo war nicht sicher, ob er genug Kraft hatte, sie alle drei aus der Sima zu ziehen. Aber er musste es versuchen.

Für Diego. Für Miguel. Für die Insel.

Kapitel 11

Der Aufstieg aus dem Albtraum

Leos Glieder schmerzten, seine Lungen brannten, doch er ignorierte den Schmerz. Die blauen Fäden des amorphen Wesens schienen sich mit seiner Haut zu verbinden, ein brennendes Kribbeln, das seine Energie abzusaugen drohte.

Über ihm schwebte das pulsierende Gebilde, ein lebender Schatten, der sich langsam, aber unaufhaltsam näherte. Das klagende Heulen, nun ein ohrenbetäubender Schrei in seinem Kopf, war eine psychische Attacke, die seine Gedanken in Fragmente riss.

Doch der Anblick von Diego und Miguel, die bewusstlos neben ihm lagen, getrieben von den gleichen bläulichen Fäden, die ihren Körpern entspülten, gab ihm die letzte Kraft.

Er musste sie hochziehen. Beide.

Mit einer verzweifelten Anstrengung befestigte Leo das Seil der Winde an einem gemeinsamen Karabiner, der Diegos und Miguels Gurte miteinander verband. Die Winde quietschte protestierend, doch er kurbelte. Zentimeter für Zentimeter ruckelten die beiden Männer nach oben.

Das amorphe Wesen reagierte mit rasender Geschwindigkeit. Es stieß ein gellendes, sirrendes Geräusch aus, das Leos Gehörgänge zu zerreißen drohte, und schickte eine Kaskade feiner, leuchtender Tentakel herab.

Sie peitschten nach ihm, umschlangen seine Arme, zogen an seinen Kleidern. Leo schlug und trat um sich, seine Reflexe waren langsam und unkoordiniert. Er spürte, wie die

Kälte der Intelligenz in ihn kroch, seine Bewegungen verlangsamte.

"Nein!", keuchte Leo, mehr ein Gebet als ein Kampfruf. Er sah, wie die Fäden an Diegos und Miguels Körpern dicker und intensiver blau leuchteten. Es war ein Wettlauf gegen die Zeit – gegen die Assimilation.

Jeder Meter war eine Qual. Die Luft wurde dichter, die Wände der Lavatube schienen sich zu verengen, als wollte die Erde selbst sie verschlingen.

Leos Atem ging rasselnd, seine Sicht verschwamm vor Anstrengung und dem gleißenden blauen Licht. Er spürte, wie sich ein Riss in seinem Bewusstsein auftat, wie die Stimmen der Intelligenz versuchten, in seinen Geist einzudringen, ihm Bilder von Untergang und Verzweiflung einzuhauchen.

Doch er hielt dagegen. Die Erinnerung an seine Träume, an das, was er in seinem früheren Leben nicht sein durfte – Naturforscher, Astronaut, Pilot – gab ihm einen unerwarteten Schub an Willenskraft. Er würde nicht zulassen, dass dieses Ding seine Freunde und die Insel zerstörte.

Endlich, nach einer gefühlten Ewigkeit, erreichte er die Stelle, an der die Drohne abgestürzt war. Die Überreste lagen zerborsten am Boden, ein stummer Beweis für die Kraft des Wesens.

Er kurbelte weiter, zog die bewusstlosen Körper von Diego und Miguel an sich vorbei. Ihr Zustand war besorgniserregend. Miguel zuckte nur noch schwach, und Diegos Atmung war flach und unregelmäßig. Die bläulichen Fäden an ihren Körpern pulsierten unheilvoll.

Der Kraterrand rückte näher. Die graue Helligkeit des Tages, die durch die Wolken drang, war ein Versprechen auf

Rettung. Doch das Wesen gab nicht auf. Es stieß ein letztes, verzweifeltes Heulen aus, das die ganze Lavatube erzittern ließ. Ein letzter Schwarm von Tentakeln schoss nach Leo, doch er zog sich mit letzter Kraft über den Rand.

Er keuchte, stieß die letzte Kraft aus seinem Körper und fiel rücklings auf den feuchten Boden, die Hände immer noch krampfhaft um die Kurbel der Winde geschlossen. Seine Lungen brannten, als hätte er Feuer geatmet, und jeder Muskel schrie vor Schmerz.

Doch es war ein Schmerz, der von einer überwältigenden, beinahe unwirklichen Erlösung überlagert wurde. Die bewusstlosen Körper von Diego und Miguel folgten ihm, schossen aus der Öffnung hervor und blieben am Rande des Abgrunds liegen, als wären sie von unsichtbaren Fesseln gehalten, die sie im letzten Moment vor dem erneuten Fall bewahrten.

Leo wusste nicht, wie er es geschafft hatte, sie beide hochzuziehen, zwei ausgewachsene Männer, während sein eigener Körper am Ende war. Es musste reiner, verzweifelter Überlebenswille gewesen sein, angetrieben von der Angst, auch sie zu verlieren.

Der bläuliche Schein aus der Tiefe schien einen Moment lang tatsächlich zu verblassen, ein leises, resigniertes Glühen, als ob die fremde Intelligenz durch ihren erzwungenen Rückzug geschwächt worden wäre oder eine Niederlage hingenommen hätte.

Ein winziger Funken Hoffnung keimte in Leos Brust, ein Gefühl, als hätte er in diesem aussichtslosen Kampf einen Atemzug, einen kostbaren Aufschub erkämpft. Doch selbst in diesem Moment der Erschöpfung und des Triumphs spürte er noch das unterschwellige Vibrieren im Boden, das unheimliche Summen, das wie ein Echo in seinen Knochen nachhallte.

Es war nicht vorbei. Es war nur eine Pause. Das Wesen war noch da, es lauerte in der Tiefe, ein schlafender Riese, der jederzeit erneut erwachen und nach seinen Opfern greifen konnte. Die Sima atmete weiter, eine kalte, lauernde Präsenz. Und Leo, Diego und Miguel waren nun in diesem gefährlichen Spiel die Spielfiguren geworden

Kapitel 12

Das Fieber der Insel

Leo schleppte die bewusstlosen Körper von Diego und Miguel aus dem Einflussbereich des Kraters, jeder Schritt eine Qual, seine Muskeln schmerzten und seine Sinne waren vom Brummen benebelt.

Er legte sie vorsichtig auf den feuchten Boden neben seinem Geländewagen. Die bläulichen Fäden auf ihrer Haut pulsierten immer noch, ein makabres Leuchten im trüben Morgenlicht.

Panik stieg in ihm auf. Was sollte er tun? Er konnte sie unmöglich allein ins Krankenhaus bringen. Man würde Fragen stellen, die er nicht beantworten konnte, und die Sima würde zur Sperrzone erklärt werden, bevor er die Wahrheit herausfinden konnte.

Während Leo verzweifelt versuchte, die beiden Männer zu stabilisieren – er tastete nach Diegos Puls, der schwach, aber vorhanden war, und versuchte, Miguels Atmung zu regulieren – begann sich die Insel um sie herum drastisch zu verändern.

Das subtile Unbehagen, das die Bewohner in den letzten Tagen gespürt hatten, schlug nun in eine offene, beunruhigende Realität um.

In Los Llanos und Santa Cruz, den größten Städten der Insel, häuften sich die Notrufe. Es war nicht nur Kopfschmerz mehr. Menschen brachen auf offener Straße zusammen, ihre Gesichter waren fahl, die Augen weit aufgerissen, als sähen sie unsichtbare Schrecken.

Ärzte in den überfüllten Kliniken standen vor einem Rätsel. Die Symptome ähnelten einem fieberhaften Virus, aber es gab keine bekannte Infektionsquelle, keine Erklärung für die schnelle Ausbreitung.

Patienten berichteten von schweren Halluzinationen, von einem tiefen Brummen in ihren Köpfen und von unnatürlichen blauen Lichtern, die sie in ihren Träumen sahen. Viele zeigten die gleiche, eigenartige Erschöpfung, die Leo selbst spürte, ein Gefühl, als würde ihre Lebensenergie langsam abfließen.

Die Stromausfälle wurden häufiger und länger. Ampeln fielen aus, Supermärkte standen im Dunkeln, und die Mobilfunknetze brachen immer wieder zusammen. Die Kommunikation auf der Insel wurde zum Albtraum.

Auf den Feldern verdorrten ganze Plantagen über Nacht, die einst so fruchtbaren Böden schienen ihre Lebenskraft zu verlieren. Tiere verhielten sich panisch; Hunde rannten jaulend durch die Straßen, Vögel stießen gegen Fensterscheiben, und in den Wäldern herrschte eine unheimliche Stille, die nur vom Echo des Brummens unterbrochen wurde.

Die Regierung in Madrid reagierte, wie Leo es befürchtet hatte, mit jener Mischung aus pragmatischer Panik und kalkulierter Desinformation, die er aus den Nachrichten kannte.

Die Nachrichtenkanäle verbreiteten die offizielle Version mit einer beunruhigenden Eile: Ein neuer, aggressiver Virus sei auf La Palma ausgebrochen, wahrscheinlich eine hochansteckende Mutation, die aus den jüngsten vulkanischen Aktivitäten hervorgegangen sei.

Erste Reisebeschränkungen wurden sofort verhängt, um die

Ausbreitung auf das Festland zu verhindern, ein verzweifelter Versuch, die Kontrolle zu behalten. Es war die naheliegendste Erklärung, die man der Bevölkerung präsentieren konnte, um eine Massenpanik zu vermeiden. Doch für Leo, der das wahre Gesicht der Bedrohung gesehen hatte, war es eine zynische Lüge, ein Vorhang aus Nebel, der die eigentliche Gefahr verbarg.

Für die Bewohner La Palmas war die Nachricht von einem "Virus" ein weiterer, bitterer Schlag. Die Wunden des Vulkanausbruchs von 2021 waren noch frisch, die Narben der Lavafelder durchschnitten immer noch die Landschaft, ein ständiges Mahnmal der unberechenbaren Kräfte der Natur.

Tausende Häuser waren zerstört, Existenzen vernichtet, ganze Dorfgemeinschaften entwurzelt. Die Insel hatte sich nur langsam erholt, getragen von der Widerstandsfähigkeit ihrer Menschen und der Hoffnung auf eine Rückkehr zur Normalität. Und nun das.

Ein unsichtbarer Feind, der die Menschen krank machte, die sich schon von der Asche und dem Verlust erholten. Die offizielle Erklärung band den "Virus" geschickt an die Nachwirkungen des Vulkans – eine plausible, wenn auch verdrehte Logik, die die Ängste der Menschen ausnutzte und gleichzeitig die wahre Bedrohung verschleierte.

Die Regierung wollte keine weitere Panik, keine Fragen nach etwas, das jenseits ihres Verständnisses lag. Sie wollten Kontrolle, selbst wenn diese Kontrolle auf einer erschütternden Lüge basierte.

Leo spürte, wie die Zeit ihm wie Sand durch die Finger rann. Die Insel war krank. Und die Krankheit kam nicht von einem Virus, nicht von den Nachwirkungen des Vulkans. Sie kam aus der Sima, ein pulsierendes, energetisches Übel, das sich wie ein Krebsgeschwür ausbreitete. Wenn er keine Hilfe fand, jemanden, der ihm glaubte und die Wahrheit sehen konnte, würde La Palma unter diesem blauen Schleier versinken.

Er brauchte jemanden, der die medizinischen Aspekte verstehen konnte, jemanden, der die neurologischen Auswirkungen des Wesens untersuchen und seine Frequenzen auf den menschlichen Körper interpretieren konnte. Und er wusste, dass er dafür die Grenzen der Diskretion verlassen musste.

Die Zeit für vorsichtiges Vorgehen war vorbei. Die Insel schrie um Hilfe, und Leo war der Einzige, der das Flüstern des Leidens hören konnte. Er musste handeln, bevor der Herzschlag der Insel verstummte.

Kapitel 13

Ein Flüstern in der Stille

Leo hievte die bewusstlosen Körper von Diego und Miguel, einen nach dem anderen, die wenigen Meter bis zu seinem Geländewagen. Jeder Muskel schrie vor Schmerz, doch er zwang sich weiter. Er legte sie vorsichtig auf die Rückbank.

Ihre Gesichter waren aschfahl, die bläulichen Fäden auf ihrer Haut leuchteten unheilvoll. Er wusste, dass das Krankenhaus keine Option war. Nicht nur, weil man Fragen stellen würde, die die Existenz der Sima offenbaren und eine sofortige Abriegelung provozieren würden, sondern auch, weil die offiziellen Ärzte nur die "Virus-Theorie" kannten.

Sie würden seine Freunde als Infizierte behandeln und dabei die eigentliche Bedrohung ignorieren, vielleicht sogar verschlimmern.

Er musste jemanden finden, der bereit war, über den Tellerrand zu blicken. Jemand, der medizinisch versiert war, aber auch die unkonventionellen Theorien des Lebens auf La Palma verstand. Seine Gedanken rasten. Die meisten Ärzte auf der Insel waren an die offiziellen Protokolle gebunden. Doch da war eine Person...

Leo erinnerte sich an Dr. Sofia Ramirez, eine ältere, exzentrische Ärztin, die sich vor Jahren aus Madrid auf eine kleine Finca im Nordwesten der Insel zurückgezogen hatte.

Sie war bekannt dafür, mit traditionellen Kräutern zu arbeiten und einen ganzheitlichen Ansatz zu verfolgen.

Die Einheimischen nannten sie manchmal "die Heilerin",

obwohl sie eine anerkannte medizinische Ausbildung besaß.

Sie glaubte an die Kraft der Natur, an alte Überlieferungen und hatte einen Ruf als diejenige, die sich um die Fälle kümmerte, die das moderne Gesundheitssystem überforderten oder nicht verstand. Sie war die perfekte Wahl – diskret und offen für das Ungewöhnliche.

Er raste die gewundenen Bergstraßen entlang, die immer stärker von dem unsichtbaren Brummen durchdrungen wurden. Sehr viele Kurven

Der Himmel über ihnen war eine graue, schwere Decke, und ein Gefühl der Bedrohung lag in der Luft. Als er an seiner Hütte vorbeifuhr, warf er einen schnellen Blick hinein.

Sein Tablet lag noch auf dem Tisch, die Sensordaten zuckten wild. Er konnte es eigentlich nicht riskieren, es mitzunehmen und möglicherweise in die falschen Hände fallen zu lassen. Es musste hier bleiben. Ein Ort, an dem es sicher war, aber auch ein Ort, der ihm half, die Wahrheit zu beweisen. Er nahm das Tablet dann aber doch mit. Vielleicht wird es unterwegs doch noch gebraucht.

Die Fahrt zu Sofias Finca war eine Tortur. Scharfe Kurven und steile Strecken Richtung Puntagorda.

Die Auswirkungen des Phänomens waren nun unübersehbar. Entlang der Straße sah Leo verlassene Autos, deren Motoren einfach ausgegangen waren.

Die Lichter in einigen Häusern flackerten wild, als würden sie tanzen.

Ein alter Mann saß am Straßenrand und starrte ins Leere, sein Gesicht aschfahl. Er murmelte unverständliche Worte über "Stimmen aus der Erde".

Die Tiere waren panisch; eine Herde Ziegen rannte kopflos über die Straße, und in der Ferne hörte Leo das unaufhörliche Jaulen von Hunden.

Die offizielle "Virus"-Erklärung fühlte sich wie ein bitterer Witz an.

Schließlich erreichte er Sofias abgelegene Finca. Das kleine, alte Steinhaus lag umgeben von einem weitläufigen Kräutergarten, der selbst in dieser angespannten Atmosphäre einen beruhigenden Duft verströmte. Leo stürmte zur Tür, klopfte mit geballter Faust.

Sofia Ramirez öffnete. Ihr Gesicht war von Falten gezeichnet, doch ihre Augen waren klar und durchdringend. Sie war klein und zierlich, aber strahlte eine unerschütterliche Ruhe aus.

Ihr Blick fiel sofort auf Leos aufgewühltes Gesicht und die bläulichen Fäden auf seinen Armen, die sich bei seiner Anstrengung deutlicher zeigten.

"Leo Richter", sagte sie, ihre Stimme sanft, aber bestimmt. "Sie sehen aus, als hätten Sie den Teufel persönlich getroffen. Und wer sind diese armen Seelen in Ihrem Wagen?"

Leo rang nach Atem. "Dr. Ramirez, ich brauche Ihre Hilfe. Es ist kein Virus. Es ist... etwas anderes. Es kommt aus der Erde. Und es hat meine Freunde befallen."

Er zeigte auf die bläulichen Fäden, die von seiner Haut ausgingen. "Ich war dort. In der Sima. Ich habe es gesehen."

Sofia sah ihn lange an, ihre Augen musterten ihn mit einer Mischung aus Skepsis und tiefer Neugier. Sie war nicht die Art von Ärztin, die sofort Urteile fällte.

Sie hatte zu viel auf dieser Insel gesehen, das sich der Schulmedizin entzog.

Sie nickte langsam. "Bringen Sie sie herein. Und dann erzählen Sie mir alles. Von Anfang an. Ich habe das Brummen in den letzten Tagen auch gespürt. Und die Bäume in meinem Garten... sie singen nicht mehr richtig."

Kleines Steinhaus von Sofia in der Wildnis bei Puntagorda

Kapitel 14

Die Stimme der Ahnen

Während Sofia sich um Diego und Miguel kümmerte, ihre Vitalfunktionen prüfte und die bläulichen Fäden mit warmen Umschlägen aus Kräutern zu lösen versuchte, erzählte Leo seine ganze Geschichte.

Er sprach von der unstillbaren Suche nach dem Sinn seines Lebens, von der erzwungenen Beamtenlaufbahn und seiner Flucht nach La Palma. Er sprach von den ersten subtilen Anzeichen des Brummens, von der zufälligen Entdeckung des Calderón de la Sima und seiner wachsenden Überzeugung, dass es sich um etwas Uraltes handelte.

Er schilderte die blauen Wucherungen, die amorphe Intelligenz, die Drohne, die in die Tiefe stürzte, und schließlich den schrecklichen Anblick von Diego und Miguel.

Sofia hörte aufmerksam zu, ohne ihn zu unterbrechen. Sie nickte gelegentlich, ihre Finger strichen sanft über Diegos blasse Stirn.

Als Leo von den Ritzungen und den Pyramiden der Guanchen sprach, hellten sich ihre Augen auf.

"Die alten Geschichten", flüsterte sie. "Meine Großmutter sprach auch davon. Von der 'Seele der Insel', die manchmal unruhig wird. Und von den 'Flüsterern in den Steinen'."

Leo nickte eifrig. "Die Guanchen nannten sich auf La Palma Auaritas oder Benahoarita. Sie waren keine primitiven Wilden, Doktor Ramirez. Sie waren ein Volk mit einem tiefen Verständnis für die Natur und vielleicht für Dinge, die wir vergessen haben. Ihre Felsgravuren – die Petroglyphen – sind nicht nur Kunst. Ich bin überzeugt, dass sie mehr waren. Eine Art Aufzeichnung, vielleicht sogar eine Warnung."

Er erzählte von den Pyramiden von Güímar auf Teneriffa, deren präzise Ausrichtung auf Sonnenwenden wissenschaftlich belegt war und auf ein astronomisches oder rituelles Wissen hindeutete, das die Guanchen nicht besitzen dürften.

"Manche Archäologen haben sie lange nur für simple Terrassen gehalten. Aber Thor Heyerdahl hat erkannt, dass es echte Pyramiden sind. Und es gibt ähnliche Steinstrukturen auch hier auf La Palma, wenn auch weniger bekannt."

Sofia sah ihn nachdenklich an. "Mein Großvater, er war ein 'Curandero', ein Heiler. Er erzählte von den Seelensteinen, den Menhiren, die die Guanchen als Grabsteine nutzten. Er glaubte, dass die Seelen der Toten in den Vögeln weiterlebten, die die Opfergaben von den Steinen trugen.

'Wer die Ahnen nicht ehrt, hat die Zukunft verwehrt', sagte er immer. Vielleicht haben die Ahnen versucht, uns etwas zu sagen, das wir nicht hören wollten."

Leo spürte, wie sich ein Knoten in seinem Magen löste. Sofia verstand. Sie schob die schulmedizinischen Scheuklappen beiseite.

"Die Ritzungen in der Sima, Doktor Ramirez, sind anders. Sie sind komplexer, fraktaler. Sie sind nicht von den Guanchen, so wie wir sie kennen. Ich glaube, sie sind viel älter. Vielleicht waren die Guanchen nur die Letzten, die mit dieser Energie in Kontakt traten. Oder sie haben versucht, sie einzudämmen."

Er zückte sein Tablet und zeigte ihr die Fotos der Ritzungen, die er hochgeladen hatte, bevor seine Drohne abstürzte. Das blaue Leuchten der Symbole war auch auf den Bildern unverkennbar.

Sofia nahm das Tablet entgegen, ihre Finger strichen über die leuchtenden Muster. Ihr Blick war weit, als ob sie die Jahrhunderte, die in diesen Symbolen lagen, durchqueren würde.

"Das ist kein Virus", sagte sie leise, ihre Stimme voller Gewissheit. "Das ist eine alte Präsenz. Die Insel atmet. Und sie ist nicht allein."

Sie blickte auf Diego und Miguel, die immer noch bewusstlos da lagen, die bläulichen Fäden auf ihrer Haut wie zarte Ranken. "Wir müssen die Ursache verstehen, Leo. Und wir müssen einen Weg finden, diese... Energie zu vertreiben. Bevor sie ganz über uns kommt."

Sofia Ramirez arbeitete mit einer Mischung aus uraltem Wissen und moderner Präzision. Sie untersuchte Diego und Miguel, ihre Finger huschten über ihre blasse Haut, ihre Augen suchten nach Anzeichen des Lebens in den tiefsten Winkeln ihrer Pupillen. Das Brummen, das die Insel nun wie eine unsichtbare Decke umhüllte, schien auch in ihrer kleinen Finca zu pulsieren, aber Sofia ignorierte es mit einer fast mystischen Gelassenheit.

Die bläulichen Fäden, die aus den Poren der Männer wuchsen und sich in die Stoffe ihrer Kleidung bohrten, waren ihr sofort aufgefallen. Sie waren nicht nur auf der Oberfläche;

Sofia spürte, wie sie tiefer in das Gewebe der Haut und darunter reichten. "Das ist keine physische Infektion im herkömmlichen Sinne", murmelte sie, mehr zu sich selbst als zu Leo. "Es ist eine energetische Resonanz. Diese Fäden sind... Leitungen. Sie saugen Lebensenergie ab, ja, aber sie sind auch eine Art Verbindung. Eine Brücke."

Sie begann mit ihrer Behandlung. Keine Medikamente. Stattdessen bereitete sie eine dicke Paste aus lokalem Schlamm, angereichert mit starken, bitteren Kräutern, die sie in ihrem Garten anbaute.

"Diese Pflanzen wachsen hier seit Jahrtausenden", erklärte sie Leo. "Sie haben gelernt, sich an die Energien dieser Insel anzupassen. Manche von ihnen können diese Vibrationen neutralisieren, andere können die Aura des Menschen stärken."

Sie strich die dunkle, erdige Paste vorsichtig über die bläulichen Fäden auf Diegos und Miguels Haut. Die Fäden schienen unter der Berührung der Paste zu zucken, zogen sich leicht zurück.

Während die Kräuter ihre Wirkung entfalteten, schloss Sofia die Augen und legte ihre Hände über die Brust der Männer. Leo sah, wie ihr Gesicht sich entspannte, ihre Atmung wurde tief und gleichmäßig. Es war, als würde sie die Insel selbst in sich aufnehmen, ihre Frequenzen spüren.

Nach einer Weile öffnete sie die Augen wieder. "Sie sind sehr schwach. Ihre Lebenskraft ist stark reduziert. Und ihr Geist... er ist gefangen. Aber nicht verloren. Sie sind nicht tot, Leo. Sie sind nur... anderswo."

Sie rieb sich die Schläfen. "Das Brummen... es ist ein Signal. Eine hochkomplexe Frequenz, die nicht nur physisch, sondern auch mental angreift. Es benebelt den Verstand, schafft eine Art Brücke, über die die Intelligenz ihre Energie abziehen kann." Sie zeigte auf Leos Arm. "

Auch Sie sind betroffen, Leo. Die Fäden sind subtiler, aber

sie sind da. Die längere Exposition hat sie nur stärker werden lassen."

Leos Blick fiel auf seine eigenen Arme. Tatsächlich, unter der Haut, waren schwache, kaum sichtbare bläuliche Linien zu erkennen, die sich wie feine Äderchen entlang seiner Venen zogen. Der Kopfschmerz, die Müdigkeit, die Halluzinationen – all das war kein Zufall gewesen.

"Wir müssen die Quelle finden und neutralisieren", sagte Sofia entschlossen. "Die Kräuter werden sie stabilisieren, sie werden ihren Körper stärken und die Fäden in Schach halten, aber sie können die Ursache nicht beseitigen. Solange diese Präsenz aus der Sima strahlt, wird sie die Insel krank machen."

Sie betrachtete Leos Tablet mit den Aufnahmen der Ritzungen und den zuckenden Sensordaten. "Diese Symbole... sie sind der Schlüssel. Die Guanchen haben sie hinterlassen, um uns vielleicht einen Hinweis zu geben. Nicht nur eine Warnung, sondern eine Anleitung. Wie man mit dieser Kraft umgeht. Oder wie man sie besiegt."

Leos Hoffnung keimte auf. "Sie glauben also, es gibt eine Möglichkeit, diese Intelligenz zu besiegen? Oder zumindest zu stoppen?"

"Alles hat einen Anfang und ein Ende, Leo", sagte Sofia mit fester Stimme. "Und alles hat eine Schwachstelle. Diese Präsenz ernährt sich von Lebensenergie. Sie ist wie ein Parasit, der einen Wirt braucht. Wir müssen den Fluss der Energie unterbrechen. Wir müssen in die Sima zurück. Aber diesmal mit einem anderen Ziel."

Sie sah Leo fest in die Augen. "Wir müssen das, was auch immer da unten ist, zum Schweigen bringen."

Ein neuer, gefährlicher Plan begann sich in Leos Gedanken zu formen. Es ging nicht mehr nur um Rettung. Es ging um das Überleben der Insel. Und sie brauchten einen Weg, die Sprache der Ahnen zu entschlüsseln.

Kapitel 15

Die verschlüsselte Botschaft

Die kleine Finca von Dr. Sofia Ramirez wurde zum Zentrum einer verzweifelten Forschungsmission.

Während Diego und Miguel unter Sofias wachsamer Obhut langsam, aber spürbar, erste Anzeichen der Besserung zeigten – die blauen Fäden zogen sich leicht zurück, ihr Zittern ließ nach, auch wenn sie noch immer bewusstlos waren – vertieften sich Leo und Sofia in die Geheimnisse der Guanchen.

Leos Tablet war nun das einzige Fenster zur Wahrheit. Die Fotos der rätselhaften Ritzungen in der Sima wurden auf Sofias alten, aber leistungsstarken Laptop übertragen. Sie legten sie nebeneinander, verglichen sie mit den bekannten Petroglyphen von La Zarza und La Zarcita, mit Abbildungen der Pyramiden von Güímar.

"Das ist keine einfache Erzählung, Leo", murmelte Sofia, ihre Finger strichen über die hochauflösenden Bilder der Sima-Ritzungen.

"Das ist ein komplexes System. Sie haben versucht, die Energie zu beschreiben. Sie haben ihre Schwingung dargestellt."

Leo nickte. "Die Fraktalgeometrie. Sie wiederholt sich. Unendlich. Es ist wie eine universelle Sprache, aber nicht für Worte, sondern für Muster und Frequenzen."

Er schob ein Diagramm seiner Sensordaten heran, das die wellenförmigen Frequenzmuster des Brummens zeigte.

"Schauen Sie hier. Die Muster der Ritzungen sind in den Wellenformen meiner Messungen wiederzufinden. Es ist eine direkte Korrelation!"

Sie arbeiteten fieberhaft, Tag und Nacht. Leo, der Archäologe und Amateur-Vulkanologe, der die äußeren Zeichen verstand.

Sofia, die Heilerin und Ärztin, die die inneren Energien und die Reaktion des menschlichen Körpers auf diese Frequenzen spürte.

Gemeinsam entschlüsselten sie bruchstückhaft eine Botschaft, die über Jahrtausende bewahrt worden war. Die Guanchen hatten nicht nur aufgezeichnet, was sie sahen, sondern auch, was sie *fühlten*.

Die Ritzungen schienen eine Art Resonanzfrequenz darzustellen, die das Wesen in der Sima benutzte, um seine parasitäre Verbindung herzustellen.

Einige Symbole zeigten eine fließende Bewegung, die auf den Energieabzug hindeutete. Andere, komplexere Muster, schienen Gegenschwingungen zu symbolisieren, eine Art Ablenkung oder Blockade dieser Resonanz.

"Die Guanchen kannten die Schwachstelle", flüsterte Leo, seine Augen klebten an den Mustern.

"Sie haben versucht, diese Frequenz zu stören. Vielleicht mit Tönen. Vielleicht mit bestimmten Materialien. Oder sogar mit ihrem eigenen Körper, in rituellen Tänzen."

Sofia nickte. "Deshalb auch die Wirkung der Kräuter. Sie verändern die interne Frequenz des Körpers, machen ihn weniger empfänglich für die Schwingungen des Wesens.

Aber es ist nur eine Linderung. Wir brauchen etwas, das

diese Schwingung direkt angreift, sie neutralisiert oder sogar umkehrt."

Der Gedanke ließ Leos Kopf schmerzen. Er hatte die Frequenzen gemessen, aber er war kein Experte für ihre Manipulation. Er war ein Archäologe, kein Quantenphysiker.

Und dann schoss ihm ein Name durch den Kopf, wie ein Blitz in der Dunkelheit. Dr. Elena Vargas.

"Ich weiß, wen wir kontaktieren müssen", sagte Leo, seine Stimme fest und entschlossen. "Eine Astrophysikerin.

Dr. Elena Vargas. Sie arbeitet hier auf La Palma, am Observatorium auf dem Roque de los Muchachos.

Sie ist Spezialistin für ungewöhnliche Energiephänomene im Kosmos, hat unzählige Stunden damit verbracht, Funkwellen aus den Tiefen des Alls zu entschlüsseln.

Ihre Arbeit befasst sich mit den Grundprinzipien von Energie und Schwingung. Wenn jemand die technischen Mittel und das Wissen besaß, um diese Frequenzen zu manipulieren und eine Gegenfrequenz zu erzeugen, dann sie."

Sofia sah ihn an, ihr Blick war durchdringend.

"Astrophysikerin? Hier auf dem Roque? Das wird Aufmerksamkeit erregen, Leo. Sobald sie Ihre Daten sieht, wird sie Fragen stellen, die nicht ignoriert werden können. Die Regierung beobachtet die Insel schon wegen des 'Virus'."

"Ich weiß", sagte Leo. "Aber wir haben keine Wahl. Die Insel stirbt. Und nur sie hat das Wissen, das wir brauchen, um diese alten Muster der Guanchen in eine Waffe gegen das

Ding in der Sima zu verwandeln."

Er wusste, dies war ein Sprung ins Ungewisse, ein Schritt, der ihre kleine, geheime Mission in den Fokus der Welt rücken könnte. Doch die Zeit der Diskretion war vorbei. Die Insel schrie.

Kapitel 16

Der Ruf der Sterne trifft auf die Stimme der Erde

Die Fahrt zum Roque de los Muchachos war eine Zitterpartie. Der Himmel über La Palma hatte sich weiter verdunkelt, und das ohnehin schon unheimliche Brummen erreichte eine Intensität, die selbst in Leos abgeschirmtem Geländewagen spürbar war.

Die Berichte über die "Virus"-Epidemie in den Lokalnachrichten waren beunruhigend. Man sprach von immer mehr Fällen, von einer zunehmenden Lethargie und psychischen Störungen bei den Betroffenen. Leo wusste, dass es keine Krankheit im herkömmlichen Sinne war. Es war die stille, unsichtbare Hand der Intelligenz, die die Lebenskraft der Insel absaugte.

Das Observatorium auf dem Roque de los Muchachos, normalerweise ein Ort der ruhigen, konzentrierten Wissenschaft, schien in dieser angespannten Atmosphäre gespenstisch.

Die riesigen Kuppeln ragten wie schlafende weiße Riesen in die nebelverhangene Landschaft, ihre hochsensiblen Teleskope blind für das, was unter ihnen geschah.

Leo hatte Elena Vargas über die interne Nummer des Observatoriums erreicht, die er von einem alten Kontakt hatte.

Seine Stimme war am Telefon fast gebrochen vor Dringlichkeit. Er hatte keine Details genannt, nur von einer "unfassbaren geophysikalischen Anomalie" gesprochen, die direkt

mit den jüngsten atmosphärischen Störungen zusammen-
hinge, die das Observatorium gemeldet hatte.

Er hatte darauf bestanden, sie persönlich zu treffen, ihre
Expertise sei absolut unerlässlich. Elenas anfängliche Skepsis hatte einer wachsenden Neugier Platz gemacht, als Leo
auf die Dringlichkeit pochte und von "Frequenzmustern
außerhalb jeglicher bekannter Spektren" sprach.

Elena Vargas empfing ihn in einem kleinen, aber ordentli-
chen Büro, das von Bildschirmen und Diagrammen kosmi-
scher Phänomene gesäumt war.

Sie war eine Frau von Mitte vierzig, ihre dunklen Haare zu
einem strengen Zopf gebunden, ihre Augen scharf und intelligent. Sie strahlte eine ruhige Autorität aus, die Leo be-
ruhigte. Sie war keine Esoterikerin, sondern eine Frau der
harten Fakten. Das machte die Aufgabe, sie zu überzeugen,
noch schwieriger.

"Señor Richter", sagte sie, ihre Stimme war klar und präzise. "Sie haben meine volle Aufmerksamkeit. Ihre Behauptungen sind... außergewöhnlich. Ich nehme an, Sie haben
Beweise?"

Leo nickte. Er öffnete sein Tablet und präsentierte ihr seine
Daten: die wild zuckenden Frequenzdiagramme, die die
Messwerte aus der Sima zeigten; die Wärmebildaufnahmen,
die unerklärliche Temperaturanomalien tief im Krater ent-
hüllten; und schließlich die Fotos der blauen, leuchtenden
Wucherungen und der fraktalen Ritzungen.

Er hatte die Videos des Drohnennabsturzes weggelassen –
das war zu viel für den ersten Kontakt. Er erzählte ihr von
dem tiefen Brummen, das er seit Tagen spürte, von den
"Krankheitssymptomen" auf der Insel und der verheeren-

den Wirkung auf Diego und Miguel.

Elena analysierte die Daten mit klinischer Präzision. Ihre Augen huschten über die Bildschirme, ihre Stirn legte sich in Falten. Das Zögern wich einer wachsenden Anspannung. Sie kannte diese Art von Frequenzmustern nicht. Sie waren zu komplex, zu geordnet, um zufällig zu sein. Sie deuteten auf eine intelligente Quelle hin, aber nicht auf eine irdische.

"Diese Frequenzen...", murmelte sie, ihre Stimme fast unhörbar. "Sie sind... das ist kein natürliches Phänomen. Und diese Ritzungen... die Fraktalgeometrie. Es ist eine Sprache. Eine Form der Kommunikation."

Sie sah Leo mit einem neuen, intensiven Blick an. "Sie sprechen von einer 'Intelligenz' in einem Vulkankrater?"

Leo atmete tief ein. "Ja. Und ich glaube, die Guanchen wussten davon. Ihre alten Überlieferungen, ihre Ritzungen, sogar ihre Pyramiden – all das könnte ein Versuch gewesen sein, diese Präsenz zu verstehen, zu kontrollieren oder davor zu warnen. Dr. Ramirez, eine lokale Ärztin und Heilerin, hat herausgefunden, dass diese Präsenz Lebensenergie absaugt. Meine Freunde sind Beispiele dafür."

Elena stand auf und ging zu einem ihrer Bildschirme, auf dem aktuelle Messdaten der atmosphärischen Aktivität über La Palma liefen.

"Wir haben in den letzten Tagen hier oben am Observatorium unerklärliche elektromagnetische Anomalien registriert. Schwankungen in den Magnetfeldern, die unsere Teleskope beeinflussen. Und Infraschall-Signaturen, die sich nicht den normalen Wetterphänomenen zuordnen lassen."

Sie drehte sich zu Leo um, ihre Augen glänzten vor einer

Mischung aus Schock und wissenschaftlicher Erregung. "Ihre Daten korrelieren mit unseren. Das Brummen, die Energieentnahme... das ist kein Virus. Das ist etwas, das wir noch nie zuvor gesehen haben."

Sie nahm ein Funkgerät von ihrem Schreibtisch. "Wir müssen das genauer untersuchen. Aber wir können das nicht über die offiziellen Kanäle laufen lassen. Wenn Ihre Theorie stimmt, Leo, dann ist das eine globale Bedrohung. Und die Regierung... sie wird versuchen, das zu vertuschen."

Leo nickte. "Deshalb bin ich zu Ihnen gekommen. Sie sind meine letzte Hoffnung."

Elena sah auf die Daten, die ein unbestreitbares, fremdes Signal zeigten, das aus dem Herzen der Insel kam. "Dies wird alles, was wir über unser Universum zu wissen glauben, auf den Kopf stellen", flüsterte sie. "Ich werde meine eigene Ausrüstung einsetzen, um diese Frequenzen zu analysieren. Und ich werde einen Plan entwickeln, um sie zu neutralisieren. Aber dafür brauche ich absolute Diskretion. Und Sie müssen mir alles erzählen, was Sie wissen."

Kapitel 17

Das Flüstern in den Frequenzen

Elenas Büro auf dem Roque de los Muchachos, hoch über den Wolken, wurde in den nächsten Stunden zum Epizentrum eines Kampfes, der auf der Frequenzebene ausgetragen werden sollte. Während unten auf La Palma das "Virus" wütete, tauchte Elena tief in Leos Daten ein.

Ihre Finger flogen über die Tastatur, ihre Augen huschten über komplexe Algorithmen und spektrale Analysen. Leo saß schweigend daneben, seine eigene Müdigkeit ignorierend, fasziniert von der Geschwindigkeit und Präzision, mit der Elena arbeitete.

"Das ist unglaublich", murmelte sie, ihre Stimme war kaum mehr als ein Flüstern der Bewunderung. "Diese Frequenzen... sie sind nicht zufällig. Sie sind intelligent konstruiert.

Das Brummen, das Sie hören, Leo, ist die Basiswelle. Eine Trägerfrequenz, die durch die gesamte Insel pulsiert. Und das Summen, das Ihre Drohne lahmgelegt hat und Ihre Freunde bewusstlos machte, das ist eine modulierte Welle, die sich auf spezifische biologische Frequenzen ausrichtet.

Es ist eine Art psycho-akustische Waffe, die das Gehirn und das Nervensystem angreift. Sie lähmt, sie saugt Energie ab."Sie zeigte auf ein Diagramm, das die überlagerten Frequenzen darstellte. "Sehen Sie, die Ritzungen der Guanchen sind nicht nur Symbole. Sie sind Frequenzdiagramme.

Die Teleskope auf dem Roque de Los Muchachos

Die Fraktale spiegeln die Komplexität der Basisfrequenz des Wesens wider. Und die einzelnen Linien und Punkte... sie sind Harmonische oder Anti-Frequenzen, die die Guanchen entdeckt haben, um sich zu schützen. Oder um es zu steuern."

Leos Herz klopfte schneller. "Das heißt, sie haben versucht, eine Art Gegensignal zu erzeugen?"

"Genau", nickte Elena. "Sie haben versucht, die Sprache des Wesens zu sprechen, aber in einer Weise, die es stört, die es schwächt. Es ist wie eine Art akustische Akupunktur für die Insel."

Sie drehte sich zu Leo um, ihre Augen glänzten vor Eifer. "Wir können das nutzen. Ich kann ein Gegenfrequenz-Generator entwickeln. Ein Gerät, das die Frequenzen der Guanchen-Ritzungen verstärkt und gezielt auf das Wesen in der Sima zurückwirft."

Die Idee war kühn, fast irrsinnig, aber in diesem Moment voller Verzweiflung klang sie wie die einzige Hoffnung. "Glauben Sie, es funktioniert?", fragte Leo.

"Wir müssen es versuchen", sagte Elena. "Meine Teleskope hier oben empfangen ständig die kosmische Hintergrundstrahlung.

Wir können ihre Parabolantennen nutzen, um diese Gegenfrequenz in die Atmosphäre zu senden, direkt über dem Krater.

Die Frequenz des Wesens kommt aus der Erde, aber sie breitet sich durch die Atmosphäre aus. Wenn wir von oben eine Gegenfrequenz senden, können wir vielleicht eine Resonanz schaffen, die das Wesen stört."

Sie zeigte auf eine große, leere Fläche auf ihrem Schreibtisch. "Ich brauche die Sensoren Ihrer Drohne. Sie waren die letzten, die den Nahbereich gemessen haben. Und ich brauche die Bilder der Ritzungen in höchstmöglicher Auflösung."

Leo erzählte ihr, dass eine Kopie der Tablet Daten und die Bilder der Drohne noch bei Sofia waren, als eine Art Absicherung für den Fall, dass ihm etwas zustoßen sollte. Elena nickte verständnisvoll.

"Das Observatorium hat ein Notstromaggregat, und wir können unbemerkt arbeiten, wenn wir vorsichtig sind", sagte Elena.

"Die meisten Mitarbeiter sind wegen des angeblichen 'Virus' abgereist. Das gibt uns die nötige Ruhe." Sie schaltete ein komplexes Gerät ein, das wie ein riesiges, aufgeräumtes Mischpult aussah, aber mit unzähligen Knöpfen und Bildschirmen für Frequenzspektren. "Das ist mein Signal-Generator. Damit kann ich jede erdenkliche Frequenz erzeugen und verstärken."

Während Elena die notwendigen Einstellungen vornahm, spürte Leo, wie der Druck in seinem Kopf leicht nachließ. Die Kräuter von Sofia schienen zu wirken, die bläulichen Fäden auf seinen Armen wurden blasser. Doch er wusste, dass dies nur eine vorübergehende Linderung war. Die Uhr tickte. Die Insel litt. Und sie hatten nur eine Chance.

Kapitel 18

Die Insel schreit

Die Nachricht von Elenas Analyse verbreitete sich wie ein Lauffeuer in Leos kleinem Kreis. Sofia war zunächst skeptisch gegenüber der "Astrophysikerin", doch als Leo ihr die korrelierenden Frequenzmuster und die Erklärung von Elenas Theorie über die "psycho-akustische Waffe" zeigte, wich ihre Skepsis einer tiefen Faszination. "Die Alten kannten die Macht der Klänge", murmelte sie. "Lieder, Trommeln, Gesänge... alles, um das Gleichgewicht wiederherzustellen. Vielleicht ist das, was wir tun, nur eine moderne Form dessen, was sie schon wussten."

Die Zeit drängte. Die offizielle "Virus"-Meldung in den Nachrichten konnte die Realität nicht länger verschleiern. Die Symptome wurden drastischer. Nicht nur Lethargie und Kopfschmerzen. Berichte über plötzliche, heftige Gewitter mit unnatürlichen Blitzen, die ohne Regen auftraten, häuften sich. Die Erde bebte leichter, aber häufiger, das Brummen aus der Sima schien sich nun als seismische Aktivität zu manifestieren. Das Grundwasser, das sonst so rein war, schien aus den Brunnen zu versiegen, die Erde trocknete aus, und ein unangenehmer, leicht schwefeliger Geruch legte sich über die Insel, der nichts mit normalen vulkanischen Ausdünstungen zu tun hatte. Menschen auf der Straße waren nicht nur apathisch; sie zeigten Wahnvorstellungen und Paranoia. Sie sahen "blaue Schatten" am Rande ihrer Visionen, hörten "Stimmen, die aus den Steinen flüsterten". Es war, als würde die Intelligenz ihre Frequenzen verstärken, um ihre Kontrolle über die Bewohner zu erweitern, sie in einen Zustand kollektiver Hypnose zu versetzen. Einige begannen, sich in seltsamer Weise zu versammeln, starrten in den Himmel oder auf den Boden, als würden sie auf eine Anweisung warten.

Leo und Elena arbeiteten fieberhaft. Elena nutzte die leistungsstarken Parabolantennen des Observatoriums als riesige Sender. Mit Leos Hilfe installierte sie eine spezielle Apparatur, die die von ihr berechnete Gegenfrequenz erzeugen konnte. Sie speiste die entschlüsselten Guanchen-Muster, die eine Art "Anti-Harmonie" zur Frequenz des Wesens darstellten, in das System ein. Es war ein komplexer Prozess, der absolute Präzision erforderte.

"Wir senden ein Gegenmittel aus Schwingung", erklärte Elena, während ihre Finger über die Kontrollen huschten. "Wenn unsere Frequenz die Frequenz des Wesens in der Sima trifft, sollte es eine Resonanzunterbrechung geben. Wie zwei Wellen, die sich auslöschen."

Bevor sie das System hochfuhren, installierte Leo seine Sensoren auf der Spitze des Roque de los Muchachos, um die Auswirkungen ihrer Aktion genau zu protokollieren. Er musste die Daten sammeln, die beweisen würden, was hier geschah. Und er musste sicherstellen, dass sie keine noch schlimmere Katastrophe auslösten.

Die Luft knisterte vor Spannung. Die riesigen Parabolantennen richteten sich langsam aus, ihre metallischen Scheiben fingen das diffuse Licht der aufziehenden Dämmerung ein. Das Brummen der Insel erreichte einen Höhepunkt, ein ohrenbetäubender Klang, der alles überlagerte. Die ganze Insel schien zu schreien.

"Bereit?", fragte Elena, ihre Hand über dem Auslöseknopf. Leo nickte, sein Blick auf die zuckenden Sensordaten. "Bereit."

Kapitel 19

Der Letzte Stoß

Ein tiefer Atemzug. Dann drückte Elena den Knopf.

Ein gleißendes, reinweißes Licht schoss aus der Mitte der größten Parabolantenne des Observatoriums hervor, ein strahlender Lichtstrahl, der sich durch die dicke Wolkendecke bohrte und direkt auf den Calderón de la Sima zielte.

Es war nicht einfach nur Licht, es war eine konzentrierte Energie, die mit der von Elena berechneten Gegenfrequenz moduliert war. Begleitet wurde der Strahl von einem hohen, klaren Ton, der nicht dissonant war, sondern eine seltsame, fast beruhigende Harmonie besaß – die Essenz der Guanchen-Muster, verstärkt zu einem Echo der Sterne.

Im selben Moment, als der Strahl die Wolken durchbrach und auf den Krater traf, stieß die Insel einen qualvollen, herzerschütternden Schrei aus.

Das dröhnende Brummen aus der Sima schwoll zu einem ohrenbetäubenden Crescendo an, gefolgt von einem scharfen, elektrischen Knistern, das die Luft erfüllte. Leos Sensoren auf dem Tablet schlugen wild aus, die Frequenzmuster explodierten in einem Chaos aus Spitzen und Tälern. Die Nadeln tanzten wie verrückt. Es war ein Kampf der Giganten, ein Kampf der Schwingungen.

Unten im Calderón de la Sima tobte der unsichtbare Krieg. Die blauen Wucherungen an den Wänden begannen, unkontrolliert zu pulsieren, ihr Leuchten flackerte wie ein sterbender Stern.

Das amorphe Gebilde in der Tiefe, die parasitäre Intelligenz, zuckte und wand sich, als würde es von unsichtbaren Händen gerissen. Seine leuchtenden Fäden, die sich durch die Lavatube schlängelten, begannen sich zu zersetzen, lösten sich in blauem Rauch auf.

Das hohe, summende Geräusch, das Leo so sehr gefürchtet hatte, wurde zu einem schrillen, jaulenden Schrei des Schmerzes, der langsam abebbte, dann verstummte.

Leo, der den Sensorstrom auf seinem Tablet beobachtete, sah, wie die Kurven des Brummens plötzlich abstürzten. Die wilden Ausschläge glätteten sich, die unregelmäßigen Spikes verschwanden. Es war, als würde der Herzschlag der Insel, der so lange unregelmäßig und fieberhaft gewesen war, sich wieder normalisieren.

Doch der Kampf war nicht ohne Rückschlag. Die übermäßige Energie, die aus dem Krater entwich, verursachte auf der Insel chaotische Effekte.

Die Stromausfälle wurden flächendeckend, die gesamte Insel versank in der Dunkelheit. Die Mobilfunknetze brachen komplett zusammen. Autos blieben stehen, ihre Elektronik war lahmgelegt.

Die Erde bebte heftiger, ein letztes, zorniges Aufbäumen der Intelligenz. Ein gewaltiger Riss zog sich durch die Felswand des Calderón de la Sima, ein tiefes, grollendes Geräusch hallte durch die Luft. Die Intelligenz versuchte mit aller Macht, sich an der materiellen Welt festzuhalten, doch Elenas Frequenz war zu stark.

"Es funktioniert!", rief Elena, ihre Stimme bebte vor Anspannung und Triumph. "Die Frequenz des Wesens bricht zusammen! Es zieht sich zurück!"

Leo sah auf seine Sensoren. Das blaue Leuchten aus der Sima erlosch langsam, die Wucherungen verblassten. Das Summen war verschwunden, nur noch ein leises, entferntes Grollen war zu hören. Es war nicht tot, aber es war stark geschwächt, zurückgedrängt in seine ursprüngliche Existenzform. Die Verbindung zur Oberfläche war gekappt.

Die Atmosphäre über dem Roque de los Muchachos wurde von einem tiefen, dröhnenden Donner erschüttert. Ein blauer Blitz zuckte durch die Wolken, direkt über dem Observatorium, und Leo spürte einen gewaltigen elektrischen Schlag, der ihn zu Boden warf.

Die Parabolantenne, die den Energiepuls ausgesandt hatte, schoss mit einem ohrenbetäubenden Knall einen gewaltigen elektrischen Lichtbogen in den Himmel, der alles taghell erleuchtete, und brach dann in sich zusammen. Funken sprühten, als die Elektronik versagte. Elena war ebenfalls zu Boden gestürzt, bewusstlos. Der Generator war überlastet. Das war der Preis für den letzten Stoß gewesen.

Als die Stille zurückkehrte, spürte Leo einen neuen Schmerz – diesmal nicht von der Intelligenz, sondern von der Anstrengung und dem Schock. Die bläulichen Fäden auf seinen Armen waren verschwunden, zurück blieben nur schwache, rote Striemen. Er schaute auf Elenas bewusstlosen Körper. Er musste sie zu Sofia bringen. Sofort.

Kapitel 20

Herzschlag der Insel

Als Leo mit der bewusstlosen Elena im Wagen ankam, war Sofia sofort zur Stelle. Die bläulichen Fäden an Elenas Armen waren zwar nur schwach ausgeprägt, aber sie waren da, ein Zeichen der unmittelbaren Nähe zur entladenen Energie der Intelligenz. Sofia reagierte schnell, rieb Elena mit den gleichen Kräuterpasten ein, die sie für Diego und Miguel verwendet hatte. Innerhalb weniger Minuten begann Elena zu zucken und öffnete langsam die Augen.

"Was ist passiert?", murmelte sie, ihre Stimme schwach.

"Du hast es geschafft, Elena", sagte Leo, Erleichterung schwang in seiner Stimme. "Du hast die Frequenz neutralisiert. Das Wesen ist zurückgedrängt."

Sie saßen am Kamin in Sofias Finca, während die Ärztin Elenas Zustand prüfte. Draußen herrschte eine seltsame Stille. Das dröhnende Brummen war verstummt. Die Elektrizität funktionierte wieder, die Lichter in Sofias Finca brannten hell. Die Mobilfunknetze waren langsam wiederhergestellt, und die ersten Nachrichten und Anrufe begannen, einzutreffen.

Die Berichte waren widersprüchlich. Von einem "plötzlichen Ende der Epidemie" war die Rede. Patienten in den Krankenhäusern erwachten aus ihrer Lethargie, ihre Halluzinationen waren verschwunden. Doch die Spuren des Chaos waren überall. Verdorrte Felder, tote Fische in den Häfen, kaputte Elektronik. Und die gewaltige Zerstörung am Observatorium auf dem Roque de los Muchachos.

Elena, deren Verstand sich schnell erholte, betrachtete die Bilder des zerstörten Teleskops auf Leos Tablet. "Es war ein Überlastungsimpuls", sagte sie leise.

"Die Energie, die wir zurückgeschickt haben, hat das Wesen geschwächt, aber die Rückkopplung war zu stark. Das Teleskop ist geopfert worden." Sie schloss die Augen, ein Schatten von Trauer in ihrem Gesicht. Es war ihr Lebenswerk.

"Aber die Insel ist gerettet", sagte Leo. "Du hast sie gerettet."

Elena nickte. "Es ist nicht verschwunden, Leo. Nur... gedämpft. Die Energie der Insel war so geschwächt, dass das Wesen fast die Kontrolle übernommen hatte. Wir haben das Gleichgewicht wiederhergestellt."

Die nächsten Tage verbrachten sie damit, die Situation auf der Insel zu beobachten. Die Symptome der "Krankheit" verschwanden. Die Menschen erholten sich. Doch eine unterschwellige Angst blieb.

Die offizielle Erklärung über den "Virus" wurde kaum hinterfragt, aber die Erinnerung an die unerklärlichen Ereignisse brannte sich ins kollektive Gedächtnis ein. Die Schäden an der Infrastruktur waren enorm, und es würde Jahre dauern, sie zu beheben.

Diego und Miguel erwachten langsam aus ihrem Koma. Ihre Erinnerungen an die Zeit in der Sima waren verschwommen, bruchstückhaft, wie ein schlechter Traum.

Die bläulichen Fäden auf ihrer Haut waren verschwunden, nur noch leichte Verfärbungen blieben. Sofia erklärte es als eine Art "energetischen Schock", der durch ihre Kräuter und die Heilkräfte der Natur behoben worden war.

Sie würden sich erholen, aber es würde lange dauern.

Leo, Elena und Sofia waren sich einig: Die Wahrheit durfte nicht an die Öffentlichkeit gelangen. Die Welt war nicht bereit dafür. Die Angst, die eine solche Enthüllung auslösen würde, wäre unkontrollierbar.

Die Insel würde zum Forschungsobjekt, zur Sperrzone, zu einem Ort des Chaos. Sie würden als Verrückte abgestempelt oder, schlimmer noch, als Gefahr für die öffentliche Ordnung.

Kapitel 21

Die Stille danach

Die Tage nach dem "letzten Stoß" waren von einer seltsamen Stille erfüllt. Das tiefe Brummen, das Leo so lange in seinen Knochen gespürt hatte, war verstummt. Eine tiefe Erleichterung legte sich über die Insel, doch es war eine Erleichterung, die von einer unterschwelligen Beklemmung begleitet wurde. Die offizielle Version des "Virus" hatte sich in den Köpfen der Menschen festgesetzt, eine bequeme, wenn auch unbefriedigende Erklärung für die seltsamen Ereignisse. Die Medien sprachen von einer "wundersamen Genesung", die Ärzte von einem "unbekannten Stamm, der sich überraschend schnell zurückzog".

Doch Leo, Elena und Sofia wussten die Wahrheit. Die Intelligenz in der Sima war nicht besiegt, nur gedämpft. Sie hatte sich zurückgezogen, geschwächt, aber nicht ausgelöscht.

Die bläulichen Fäden auf Leos Armen waren vollständig verschwunden, ein Beweis für die Wirksamkeit von Elenas Gegenfrequenz und Sofias Kräutern. Die Insel atmete wieder, ihr Herzschlag war wieder ruhig und gleichmäßig.

Miguel und Diego erholten sich langsam. Ihre Erinnerungen an die Sima waren bruchstückhaft und verzerrt, wie ein Fiebertraum. Sie konnten sich an das blaue Licht erinnern, an das Summen, an ein Gefühl des Entzugs, aber nicht an das Wesen selbst.

Sie waren verwirrt, aber froh, am Leben zu sein. Sofia erklärte ihren Familien, dass sie eine seltene Form des "Höhlenfiebers" erlitten hätten, die mit speziellen Kräutern behandelt werden müsse. Man glaubte ihr, denn Sofia hatte auf der Insel einen Ruf als Heilerin.

Elena Vargas begann mit dem Wiederaufbau ihres Observatoriums. Die Zerstörung war immens, aber sie war entschlossen, die verlorene Technologie zu ersetzen und ihre Forschungen fortzusetzen. Die Parabolantenne war ein Haufen Schrott, aber die Daten ihrer Analyse waren unversehrt geblieben. Sie würde einen neuen, noch leistungsfähigeren Generator bauen, besser gegen Rückkopplungen geschützt. Sie wusste, dass sie ihre Entdeckung nie veröffentlichen konnte, aber sie würde im Stillen weiterforschen, um die Frequenzen des Wesens und der Guanchen noch besser zu verstehen.

Leo kehrte in seine Hütte zurück. Er sah die Lavatube nicht mehr als Bedrohung, sondern als ein faszinierendes, wenn auch gefährliches Mysterium. Er wusste, dass er die Sima nie wieder betreten würde, aber er würde ihre Geheimnisse weiterhin studieren.

Er begann, die Guanchen-Ritzungen und die Theorie der "Seelensteine" intensiver zu erforschen, überzeugt davon, dass in den alten Überlieferungen noch viele unbeachtete Wahrheiten schlummerten. Er begann, ein Buch zu schreiben, eine fiktive Geschichte, die die Wahrheit hinter den Zeilen verbergen sollte.

Sie trafen sich regelmäßig bei Sofia, um sich auszutauschen. Leo erzählte von seinen archäologischen Erkenntnissen, Elena von ihren Frequenzanalysen, und Sofia von den subtilen Veränderungen in der Natur der Insel. Sie bildeten einen stillen Kreis des Wissens, verbunden durch ein Geheimnis, das sie für immer zusammenhalten würde.

Eines Abends, als die Sonne über dem Atlantik unterging

und den Himmel in flammende Farben tauchte, saßen sie auf Sofias Terrasse. Das Meer rauschte sanft, die Luft war warm und roch nach Blumen.

"Es ist nicht vorbei", sagte Leo leise, seine Stimme war erfüllt von einer Mischung aus Sorge und Entschlossenheit. "Die Intelligenz ist da unten. Sie schläft. Aber sie ist nicht tot. Und eines Tages könnte sie wieder erwachen."

Elena nickte. "Dann werden wir bereit sein. Mit den Frequenzen der Sterne und den Stimmen der Erde."

Sofia lächelte müde. "Und mit den Kräutern der Ahnen. Wir sind die Hüter des Gleichgewichts, jetzt."

La Palma atmete. Die Insel hatte einen Herzschlag, der nun wieder im Gleichgewicht war. Doch die drei wussten, dass der Kampf gegen die unbekannten Energien der Erde und des Universums niemals wirklich endete. Es war nur eine Pause. Und sie würden bereit sein, wenn der Herzschlag der Insel das nächste Mal unruhig wurde.

Elena Vargas starrte auf die Daten, die sich über den Bildschirmen in ihrem Büro auf dem Roque de los Muchachos ausbreiteten. Die letzten Reste ihrer wissenschaftlichen Skepsis zerrannen wie Nebel in der Morgensonne. Die Frequenzmuster, die Leo aus der Sima mitgebracht hatte, waren nicht nur ungewöhnlich – sie waren unmöglich. Und doch waren sie da, eine unbestreitbare Realität, die mit den Anomalien korrelierte, die ihr eigenes Observatorium in den letzten Tagen registriert hatte. Elektromagnetische Schwankungen, Infraschall-Signaturen, die von keiner bekannten geologischen Quelle stammen konnten.

"Unfassbar", flüsterte sie erneut, ihre Stimme rau von der Konzentration. Sie scrollte durch Leos Aufzeichnungen, dann durch ihre eigenen. Ein unheimlicher Tanz aus Zahlen und Graphen. Die Sima pulsierte, nicht wie ein Vulkan, der Magma spuckt, sondern wie ein lebendiger Organismus, der ein Signal aussendet.

Ein Signal, das Elena in ihren kühnsten Träumen nie auf der Erde vermutet hätte. Ihre jahrelange Forschung hatte sich auf Signale aus den Tiefen des Alls konzentriert, auf Pulsare, Quasare, ferne Galaxien. Und nun das: Eine außerirdische Präsenz, verborgen unter dem friedlichen Mantel ihrer eigenen Insel. Der Gedanke war so gewaltig, dass er ihren Verstand zu sprengen drohte.

Sie lehnte sich zurück, rieb sich die Schläfen. "Eine Intelligenz", wiederholte sie Leos Worte, die in ihrem wissenschaftlich geschulten Hirn immer noch Widerstand hervorriefen. "In einem Vulkankrater. Das ist... das ist eine biologische Waffe, Leo. Wenn sie Energie entzieht, dann ist das ein Parasit, der die Lebenskraft der Insel absaugt."

Ihr Blick traf den seinen, ihre Augen funkelten vor einer Mischung aus Angst und Entschlossenheit. "Wir können das nicht einfach ignorieren. Wenn das stimmt, was Sie sagen, dann ist das eine Bedrohung, die über La Palma hinausgeht."

Kapitel 22

Die Schatten vom Orbit

Sie begann, ihre hochsensiblen Antennen und Spektrometer auf die Sima auszurichten, kalibrierte die Einstellungen neu, um die winzigsten Nuancen der Frequenzen zu erfassen. Die Daten flossen ein, und Elena fühlte, wie ein Schauer über ihren Rücken lief.

Es war nicht nur ein Signal; es war ein Gespräch. Eine komplexe, fraktale Sprache, die sich immer wiederholte, aber mit subtilen Variationen. Sie erinnerte sie an die komplexen Muster der kosmischen Hintergrundstrahlung, aber viel geordneter, viel bewusster.

Sie arbeitete Stunden, ohne auf die Zeit zu achten, während Leo, übermüdet, aber hochkonzentriert, neben ihr saß und ihr seine Beobachtungen und Diegos Zustandsberichte gab. Der Fortschritt war mühsam.

Doch dann stieß sie auf etwas, das ihren Atem stocken ließ. Beim Abgleich der Sima-Frequenzen mit ihren eigenen globalen Langzeitmessungen, die auch Satellitendaten integrierten, bemerkte sie eine winzige, aber beharrliche Anomalie. Ein Frequenzrauschen, das sich über das gesamte Spektrum zog, aber seltsamerweise immer dann am stärksten war, wenn das Brummen aus der Sima intensiver wurde.

Es war wie ein Störsignal, aber kein zufälliges. Es war gezielt. Es stammte nicht von bekannten Funkquellen auf der Erde.

Ihre Algorithmen identifizierten die Herkunft: Geostationäre Satelliten. Aber nicht die ihrer eigenen Behörde, nicht die bekannten Kommunikations- oder Wettersatelliten. Diese Signaturen waren unbekannt, hoch verschlüsselt und absolut nicht öffentlich zugänglich. Es waren Schatten-Satelliten.

Elenas Herz begann zu rasen. Wer betrieb diese Satelliten? Und warum überwachten sie La Palma, die Sima? Und warum reagierten sie auf die Frequenzen des Wesens? Die Implikation war erschreckend: Jemand anderes wusste Bescheid. Jemand mit unbegrenzten Ressourcen, mit Zugang zu einer Technologie, die weit über das hinausging, was sie kannten.

"Leo", sagte sie mit belegter Stimme, ohne den Blick vom Bildschirm zu wenden. "Das ist... das ist nicht nur ein irdisches Problem. Jemand beobachtet uns. Nicht nur uns. Das Wesen."

Sie drehte den Bildschirm zu ihm, und Leo sah die komplexen, überlagernden Graphen. "Diese Signale", fuhr sie fort und zeigte auf eine Reihe extrem scharfer, künstlicher Frequenzspitzen, die das Sima-Signal umhüllten. "Die kommen von unbekannten Satelliten. Und sie sind auf die Sima fokussiert. Sie haben die gleichen Muster wie das Brummen, aber gespiegelt. Es ist eine Art von Jamming oder Modulation."

Leo starrte auf die Linien, sein Kopf dröhnte. "Jamming? Warum sollten sie das tun? Und wer?"

"Das ist die Frage", erwiderte Elena, ihre Augenbrauen zusammengezogen. "Sie könnten versuchen, das Signal einzudämmen, es zu unterdrücken, damit es sich nicht ausbreitet. Oder sie versuchen, mit ihm zu kommunizieren. Oder... vielleicht versuchen sie, es zu kontrollieren."

100

Die letzte Möglichkeit war die beunruhigendste. Die Vorstellung, dass eine unbekannte Macht das Wesen manipulieren oder gar als Waffe einsetzen könnte, ließ ihnen beiden das Blut in den Adern gefrieren.

Die Erkenntnis traf Leo mit voller Wucht. Die "Epidemie" auf der Insel, die vertuschte Wahrheit der Regierung, und nun auch noch eine verborgene, allmächtige Kraft im Orbit. Sie waren gefangen zwischen einem prähistorischen Schrecken aus der Erde und den kalten, berechnenden Augen von oben. Die Isolation, die er zuvor empfunden hatte, wurde zu einer gefährlichen Enge. Er war nicht nur ein einzelner Vulkanologe mehr, sondern ein winziges Zahnrad in einem globalen Rätsel, das er kaum zu begreifen wagte.

Elena tippte fieberhaft auf ihrer Tastatur, ihre Finger flogen über die Tasten. "Diese Signale... sie sind hoch verschlüsselt. Ich habe noch nie einen solchen Code gesehen. Aber ich kann sehen, dass sie seit den ersten seismischen Aktivitäten vor dem Tajogaite-Ausbruch intensiviert wurden.

Es ist, als hätte jemand genau gewusst, was der Ausbruch auslösen würde." Das war der Schock. Das Wesen war nicht erst mit Leos Drohne erwacht. Es war schon länger aktiv, oder zumindest wurde seine Aktivität schon länger beobachtet. Jemand hatte die Ereignisse auf La Palma vorausgesehen.

Sie stand auf und ging zum Fenster, ihr Blick verlor sich in den Weiten des Nachthimmels. "Wir sind nicht die Ersten, die davon wissen, Leo. Wir sind nur die Ersten, die sich weigern, es zu ignorieren. Wer auch immer diese Satelliten kontrolliert, hat die Macht, uns jederzeit zu finden. Uns abzuschalten. Oder schlimmeres. Das ändert alles."

Der Druck vervielfachte sich. Nicht nur das Wesen musste

gestoppt werden, sondern sie mussten auch ihre eigenen Schritte vor den Augen dieser unsichtbaren Beobachter geheim halten. Eine Mission, die schon aussichtslos schien, war nun zu einem Überlebenskampf an zwei Fronten geworden. Und die Uhr tickte.

Kapitel 23

Der Preis der Erkenntnis

Die Nacht am Roque de los Muchachos wurde zu einem flackernden Rausch aus Daten, Kaffee und der erdrückenden Gewissheit, dass die Erde nicht so allein war, wie sie es in ihren Geschichtsbüchern gelernt hatten. Elena und Leo arbeiteten fieberhaft, während draußen der Himmel langsam vom Schwarz ins Tiefblau überging. Elena hatte ihre fortschrittlichsten Algorithmen angewendet, um die Satellitensignale zu filtern, ihre Muster zu identifizieren und mögliche Ursprungsorte zu lokalisieren. Jeder Fortschritt, so klein er auch war, war ein Sprung in eine völlig neue Dimension der Bedrohung.

"Sie senden nicht nur", murmelte Elena, ihre Augen blutunterlaufen, "sie empfangen auch. Es ist ein bidirektionaler Kommunikationsversuch. Oder eine Interaktion." Sie zeigte auf eine Serie von Pulsen, die vom Wesen ausgingen und von den Satelliten mit einer beinahe identischen Gegenfrequenz "beantwortet" wurden.

"Es ist, als würden sie versuchen, es zu beeinflussen. Zu steuern. Oder es zu beruhigen." Die Ambivalenz war zermürbend. Waren diese Beobachter Verbündete oder eine noch größere Bedrohung?

Leo spürte eine wachsende Panik. "Steuern? Sie wollen ein Wesen steuern, das eine ganze Insel in ein Koma versetzt? Was wäre, wenn sie es gegen uns einsetzen wollen?"

"Das ist die Gefahr", sagte Elena ernst. "Diese Technologie ist weit über unsere hinaus. Wir reden hier nicht über eine einzelne Regierung. Das muss ein geheimes, globales Konsortium sein. Vielleicht eine Schattenorganisation, die sich auf extraterrestrische oder anomale Phänomene spezialisiert hat. Eine, die keine Zeugen duldet."

Plötzlich heulten die Sensoren von Elenas Geräten auf. Ein greller, hoher Ton, der ihre Ohren schmerzen ließ. Auf dem Bildschirm blitzte eine rote Warnung auf: "Lokalisierte Energiespitze. Orbitaler Ursprung."

"Was zum Teufel ist das?", rief Leo, als der Strom in ihrem Büro kurz ausfiel und sofort wieder ansprang. Die Lichter flackerten.

Elenas Augen weiteten sich. "Das ist kein Zufall. Sie wissen, dass wir hier sind! Eine gezielte EMP-Entladung. Nicht genug, um uns zu braten, aber genug, um uns wissen zu lassen, dass sie uns auf dem Schirm haben."

Ein kalter Schauer lief Leo über den Rücken. Die "Augen am Himmel" waren nicht nur passive Beobachter. Sie waren aktiv. Und sie sandten eine unmissverständliche Warnung. Sie waren nun selbst Ziel. "Wir müssen hier weg", drängte Leo. "Sofort. Wenn sie uns gefunden haben, können sie uns auch ausschalten."

Elena nickte, packte ihre wichtigsten Festplatten und ein kleines, robustes Frequenzmessgerät ein. "Das Observatorium ist nicht sicher. Sie werden unsere Aktivitäten hier melden. Wir brauchen einen Ort, der unter dem Radar fliegt. Einen, den nur wenige kennen."

Die Flucht vom Roque de los Muchachos wurde zu einem Wettlauf gegen die Zeit. Der Jeep donnerte die Serpentinen hinunter, während Leo ständig den Rückspiegel im Auge behielt. Die Vorstellung, von einem unsichtbaren Feind aus dem Himmel gejagt zu werden, war surreal und erschreckend zugleich. Sie fuhren durch nebelverhangene Wälder, vorbei an verlassenen Dörfern, in denen die "Krankheit" ihre Spuren hinterlassen hatte. Die Stille der Insel, die einst so beruhigend gewesen war, wirkte nun wie ein leises Aufstöhnen der Leidenden.

Sie wussten, dass sie Sofias Hilfe brauchten, nicht nur wegen ihres alten Wissens, sondern auch, um einen Unterschlupf zu finden, der vor den Augen sowohl der Regierung als auch der Schatten-Satelliten verborgen blieb. Sofia lebte abseits der modernen Welt, in einer Enklave, die der Technologie misstraute. Das war ihre einzige Hoffnung.

Während der Fahrt versuchte Leo, seine Gedanken zu ordnen. Er hatte Elena in diese Gefahr gezogen. Sie hatte ihre Karriere, vielleicht ihr Leben riskiert, weil er mit seinen "außergewöhnlichen Behauptungen" an ihre Tür geklopft hatte. Das Gewicht der Verantwortung drückte ihn zu Boden. Was, wenn sie scheiterten? Was, wenn sie diese unbekannte Macht aus dem All provozierten und sie die Insel einfach auslöschten?

Sie erreichten schließlich die Randgebiete von Puntagorda, wo die Zivilisation langsam in die üppige Natur überging. Elena hatte in der Zwischenzeit eine vorläufige Analyse der Satellitenmuster abgeschlossen. "Ich habe eine Theorie", sagte sie, ihre Stimme leise. "Diese Satelliten... sie sind nicht nur dazu da, zu beobachten. Ich glaube, sie versuchen, das Wesen in der Sima einzudämmen. Die Frequenzen, die sie senden, könnten eine Art Barriere sein, ein Käfig aus Energie, um es daran zu hindern, sich über die Insel auszubreiten."

"Eindämmung?", Leo runzelte die Stirn. "Warum dann die

'Krankheit'? Und warum haben sie nichts getan, als der Vulkan es geweckt hat?"

"Vielleicht ist die Eindämmung nicht perfekt", spekulierte Elena. "Oder sie haben das Ausmaß seiner Aktivierung unterschätzt. Und die 'Krankheit' ist ein Symptom, das sie in Kauf nehmen, solange sie das Wesen an der Oberfläche oder an einer globalen Ausbreitung hindern können." Der Gedanke war grauenhaft. Das hieß, dass sie selbst, in ihrem Versuch, das Wesen zu stoppen, möglicherweise eine jahrtausendealte "Eindämmung" störten. Sie spielten mit Mächten, deren Tragweite sie noch nicht erkannten.

Die Fahrt führte sie weiter in das Labyrinth der alten Pfade, die Diego Leo einmal gezeigt hatte. Wege, die kaum auf Karten verzeichnet waren, geschweige denn von Satelliten eindeutig zu identifizieren. Sie brauchten Sofias altes Wissen, nicht nur über die Guanchen, sondern auch über die verborgenen Winkel der Insel, die von der modernen Welt vergessen wurden. Ein Ort, der sicher war vor "Augen am Himmel" und vor Regierungsbeamten. Ein Ort, an dem sie einen Plan schmieden konnten.

Leo dachte an Diego und Miguel, Ihr durchlebter Zustand war ein ständiger Stich in sein Gewissen. Er musste sie vor einer Wiederholung retten. Und um sie zu retten, musste er die Insel retten. Und um die Insel zu retten, mussten sie sich dem Unbekannten stellen – sowohl dem Wesen unter ihren Füßen als auch den Schatten über ihren Köpfen. Der Preis der Erkenntnis war die ständige Furcht und die unerträgliche Last der Verantwortung. Sie waren nun die einzigen, die wussten. Und dieses Wissen war eine tödliche Bürde.

Kapitel 24

Das Erwachen der Insel

Die Jahre vergingen. La Palma erholte sich langsam von den unerklärlichen Ereignissen. Die Felder blühten wieder, die Fische kehrten in die Gewässer zurück, und die Menschen, von den Schrecken der „Epidemie" gezeichnet, kehrten zu ihrem Alltag zurück. Die offizielle Version des „Virus" wurde als eine Art kollektiver Albtraum abgetan, ein Phänomen, das sich nicht wiederholen sollte. Doch die drei Hüter des Geheimnisses – Leo, Elena und Sofia – wussten es besser.

Sie arbeiteten im Stillen, jeder auf seinem Gebiet. Leo verbrachte Stunden in seinem Büro, vertieft in die entzifferten Guanchen-Ritzungen. Er hatte eine fast besessene Leidenschaft entwickelt, die „Sprache" der Fraktale zu verstehen. Er fand immer mehr Übereinstimmungen zwischen den Mustern der Ritzungen und den von Elena aufgezeichneten Frequenzen der Sima-Intelligenz. Er war überzeugt, dass die Guanchen nicht nur eine Warnung hinterlassen hatten, sondern auch eine Art „Schutzmechanismus", der sich in den fraktalen Mustern verbarg.

Elena hatte das Observatorium wiederaufgebaut. Ihre neue Parabolantenne war nicht nur leistungsfähiger, sondern auch mit einer Reihe von Modulatoren und Rückkopplungsschleifen ausgestattet, die sie vor einem erneuten Überlastungsimpuls schützen sollten. Sie richtete ihre Teleskope nicht nur auf die Sterne, sondern auch auf die Erde, ihre Sensoren lauschten auf die subtilsten Veränderungen der geophysikalischen Aktivitäten unter der Insel. Sie suchte nach Anomalien, nach winzigen Abweichungen im Magnetfeld oder den seismischen Schwingungen, die auf ein erneutes Erwachen der Intelligenz hindeuten könnten.

Sofia kümmerte sich weiterhin um die Menschen auf der Insel, aber ihr Fokus hatte sich verlagert. Sie beobachtete die Natur genauer, die Pflanzen in ihrem Garten, die Tiere in der Umgebung. Sie suchte nach subtilen Veränderungen in ihrem Verhalten, nach einem Hauch von Unbehagen, der auf eine erneute Aktivität der Sima hindeuten könnte. Sie entwickelte neue Kräutermischungen, die nicht nur heilen, sondern auch die „Resonanz" der Menschen stärken sollten, um sie widerstandsfähiger gegen die Energie der Intelligenz zu machen.

Der Calderón de la Sima war nach wie vor ein verbotener Ort für sie. Die spanische Regierung hatte die Gegend nach dem „Vorfall" abgeriegelt, eine kleine, unauffällige Überwachungsstation eingerichtet. Doch die drei wussten, dass die Wachen nur die Oberfläche überwachten, nicht das, was darunter schlief.

Eines Tages, sechs Jahre nach den Ereignissen, spürte Leo es zuerst. Ein ganz leichtes, unterschwelliges Brummen in seinen Ohren, so leise, dass er es beinahe für eine Einbildung hielt. Doch seine alten Sensoren, die er immer noch in seiner Hütte stehen hatte, schlugen leicht aus. Ein seismisches Signal, kaum messbar, aber eindeutig. Es kam aus der Sima.

Er rief Elena an. Sie hatte es auch gespürt. Ihre hochsensiblen Instrumente am Observatorium zeigten winzige, aber konstante Magnetfeldanomalien direkt über dem Krater. „Es erwacht", sagte Elena, ihre Stimme war ruhig, aber ernst. „Die Frequenz ist schwach, aber sie ist da. Und sie steigt."

Sofia rief kurz darauf an. Ihre Kräuter im Garten zeigten unerklärliche Verfärbungen, einige Tiere in der Umgebung verhielten sich unruhig. Das unsichtbare Fieber kehrte zurück, diesmal schleichender, subtiler.

Die drei wussten, dass dies nicht das vollständige Erwachen war. Es war ein Vorzeichen, ein langsames Erwachen nach einer langen Ruhephase. Die Insel war wieder unruhig, ihr Herzschlag wurde wieder unregelmäßig. Die Intelligenz, die unter ihnen schlummerte, regte sich wieder. Sie hatte sich erholt, war stärker geworden.

Sie trafen sich erneut bei Sofia. Keine Panik, nur eine tiefe Entschlossenheit. Sie hatten gewusst, dass dieser Tag kommen würde. „Was ist der Plan?", fragte Leo.

Elena breitete Karten der Insel aus. „Wir können nicht einfach wieder den Puls senden. Das Wesen ist jetzt vielleicht immun oder hat sich angepasst. Wir brauchen eine neue Strategie. Eine, die tiefer geht. Eine, die das Wesen dort trifft, wo es am anfälligsten ist."

Leo blickte auf die Ritzungen. „Die Guanchen haben nicht nur gewarnt. Sie haben einen Weg gezeigt. Sie haben eine Art Schutzmechanismus in diesen Frequenzen hinterlassen. Eine Schwachstelle der Intelligenz." Er zeigte auf ein besonders komplexes, fraktales Muster. „Das hier… das ist der Schlüssel. Es ist eine Umkehrfrequenz. Sie kehrt die Energie um, die das Wesen absaugt. Es zwingt es, seine eigene Lebensenergie zu nutzen, um zu existieren."

Sofia nickte. „Das ist es. Die Energie der Insel wird nicht entzogen, sondern zur Selbstzerstörung genutzt. Es ist das Prinzip der Natur – die Natur heilt sich selbst."

Der neue Plan war gefährlicher als der letzte. Sie würden direkt in die Sima hinabsteigen müssen, diesmal mit einem kleinen, tragbaren Frequenzgenerator, der die „Umkehrfrequenz" direkt in das pulsierende Herz des Wesens senden sollte. Es war ein Selbstmordkommando, aber die einzige Chance, die Insel für immer zu retten. Sie waren die Hüter. Und diesmal würden sie das Geheimnis nicht nur bewahren, sondern auch beenden.

Kapitel 25

Das Gewicht der Wahrheit

Leo, Elena und Sofia kehrten zum Calderón de la Sima zurück. Die grauen Wolken hingen tief, und ein leichter Regen nieselte. Das schwache Brummen war nun deutlich spürbar, ein unterschwelliges Grollen, das aus der Tiefe drang. Die Überwachungsstation war leer, die Wachen hatten sich wegen des „schlechten Wetters" zurückgezogen. Ein Zeichen, dass die Intelligenz ihre Frequenzen geschickt so manipulierte, dass sie als natürliche Phänomene missverstanden wurden.

Sie hatten einen neuen, kleinen Frequenzgenerator gebaut, der auf Elenas neuesten Berechnungen basierte und mit den fraktalen Guanchen-Mustern programmiert war. Er war kompakt, aber leistungsfähig, in einem stabilen Gehäuse untergebracht. Leo würde ihn hinablassen, direkt in das pulsierende Herz der Intelligenz.

„Die Umkehrfrequenz wird nicht auf einmal wirken", erklärte Elena, ihre Stimme war ernst. „Sie wird einen allmählichen Zerfallsprozess in der Intelligenz auslösen. Es wird schwächer und schwächer werden, bis es sich vollständig auflöst. Es wird ein paar Stunden dauern. Und wir dürfen die Sima nicht verlassen, bis es vorbei ist. Wir müssen sicherstellen, dass es funktioniert."

Sofia hatte ihre stärksten Kräutermischungen dabei, um ihre Aura gegen die letzten Abwehrversuche der Intelligenz zu stärken. Sie würden am Kraterrand bleiben, um die Energie aufzuhalten, die zurückschlagen würde.

Leo band sich an das Seil, der kleine Generator baumelte an seiner Brust. Er schluckte. Dies war der gefährlichste Abstieg seines Lebens. Er war nicht nur ein Hobbyforscher, er war der letzte Verteidiger der Insel.

Mit einem letzten Blick auf Elena und Sofia, die ihm mit ernsten Gesichtern zunickten, ließ sich Leo in den Abgrund gleiten. Die Dunkelheit schloss sich um ihn, durchbrochen vom schwachen, unheilvollen blauen Glimmen. Das Brummen war stärker als je zuvor, ein physischer Druck, der ihn zu zerquetschen drohte.

Als er die Tiefe erreichte, sah er das amorphe Gebilde. Es pulsierte schwach, die blauen Wucherungen waren weniger intensiv als beim letzten Mal, aber sie waren immer noch da. Es war wie ein sterbender Herzschlag, der sich noch einmal aufbäumen wollte.

Leo aktivierte den Generator. Ein leises, summendes Geräusch erfüllte die Sima, ein Klang, der mit den Frequenzen der Intelligenz zu kämpfen schien. Die fraktalen Muster auf dem Bildschirm des Generators leuchteten hell auf. Die blauen Wucherungen um ihn herum zuckten, das amorphe Gebilde begann, sich langsam zu verändern, seine Formen wurden instabil, es schien zu schrumpfen.

Ein ohrenbetäubender Schrei, diesmal nicht aus Leos Kopf, sondern aus dem Zentrum der Sima, erfüllte die Lavatube. Es war ein Schrei der Verzweiflung, ein Zeichen der Auflösung. Die Intelligenz schlug ein letztes Mal zurück. Ein gewaltiger energetischer Puls riss durch die Sima, schleuderte Leo gegen die Wand. Sein Atem stockte, seine Glieder schmerzten. Er klammerte sich an das Seil, der Generator vibrierte unkontrolliert.

Oben am Kraterrand spürten Elena und Sofia den Rückschlag. Die Erde bebte heftig, und ein gleißendes blaues Licht schoss aus der Sima hervor, begleitet von einem lauten Knall.

Die Bäume in der Umgebung schüttelten sich, Äste brachen ab und die Luft wurde von einem scharfen, elektrischen Geruch erfüllt. Sie hielten sich aneinander fest, ihre Augen fest auf den Krater gerichtet.

Unten in der Sima kämpfte Leo gegen den Schmerz. Der Generator pulsierte schneller, das summende Geräusch wurde lauter, überlagerte den Todeskampf der Intelligenz. Die blauen Wucherungen zersetzten sich, wurden zu einem Staub, der sich in der Luft verteilte. Das amorphe Gebilde schrumpfte weiter, seine Form löste sich auf, wie ein Schatten, der vom Licht verschluckt wird. Das Brummen ebbte ab, wurde leiser, bis es nur noch ein leises Echo war.

Dann, Stille. Eine tiefe, beruhigende Stille, die nur vom Tropfen des Wassers in der Lavatube unterbrochen wurde. Das blaue Licht war erloschen. Die Sima war dunkel.

Leo, erschöpft, aber lebendig, kletterte langsam aus der Sima. Elena und Sofia stürmten auf ihn zu, umarmten ihn erleichtert. Sie sahen in den dunklen Schlund. Nur noch der kalte, feuchte Geruch der Erde war zu riechen. Das Wesen war weg.

Sie hatten es geschafft. Sie hatten die Insel gerettet. Doch das Gewicht der Wahrheit, das sie nun für immer tragen würden, war schwer. Sie würden schweigen müssen, die Welt würde niemals erfahren, was wirklich geschehen war. Sie waren die stillen Helden, die unsichtbaren Beschützer von La Palma. Die Insel atmete wieder, ihr Herzschlag war ruhig und friedlich. Und die drei Hüter wussten, dass sie ihre Aufgabe für immer fortsetzen würden. Sie waren Teil der Insel geworden, verbunden durch ein unsichtbares Band des Wissens und der Verantwortung. Das Geheimnis der Sima war nun ihr eigenes Geheimnis, ein Vermächtnis, das sie bis ans Ende ihrer Tage bewahren würden.

Die Tage nach dem Chaos in der Sima waren ein trügerischer Frieden. Diego und Miguel lagen in einem Zustand zwischen Schlaf und Wachsein, ihre Körper gezeichnet, ihre Seelen in den blauen Schatten des Wesens gefangen. Sofia, die Heilerin, saß wie ein uralter Wächter an ihrem Bett, ihre Hände still auf ihren Brustkörben, während Elenas hochentwickelte Geräte die letzten, schwachen Frequenzmuster aus ihren Organismen scannten – ein leises, fremdes Echo, das sich in ihre DNA gebrannt hatte. Doch es war nicht nur ihr Kampf, der hier endete. Es war der Anfang einer unbequemen Wahrheit für alle.

Leo, Elena und Sofia hatten nicht nur ein Wesen entdeckt; sie hatten einen Spiegel gefunden. Einen Spiegel, der der Menschheit ihre tiefsten Fehler vorhielt und ihre größten Stärken offenbarte. Die offizielle Reaktion auf die "Epidemie" – die panische, zynische Vertuschung durch die Regierung, die eine bequeme Lüge über die brutale Wahrheit stellte – war eine erschreckende Parallele zu unserer eigenen Gegenwart.

Wir leben in einer Zeit, in der Information Macht ist und Angst ein Werkzeug. Der Wille, unbequeme Realitäten zu leugnen, um soziale Ordnung zu bewahren oder eigene Agenden zu schützen, ist eine tickende Zeitbombe. Das lehrte uns die Sima: Ignoranz ist keine Seligkeit, sondern ein Todesurteil, wenn die Bedrohung über unser Verständnis hinauswächst.

Das Wesen selbst war eine Metapher für das Unbekannte,

das direkt vor unserer Haustür lauert. Wir suchen nach Leben in fernen Galaxien, während unser eigener Planet noch so viele Geheimnisse birgt, die unsere Wissenschaft nicht fassen kann.

Leos verzweifelte Versuche, die Bedrohung in die vertrauten Schubladen der Geologie zu pressen, Elenas anfängliche wissenschaftliche Arroganz, die das Mythische ausschloss – all das waren Spiegelbilder unserer eigenen Tendenz, nur zu glauben, was messbar und kategorisierbar ist. Doch die Sima zwang sie in die Knie. Sie lehrte uns, dass die Grenzen menschlicher Erkenntnis fließend sind. Sie forderte uns auf, unsere wissenschaftlichen Dogmen zu hinterfragen und die Augen für Phänomene zu öffnen, die jenseits unserer derzeitigen Modelle liegen.

Gerade in dieser Überforderung lag die wahre Lektion: Die Zusammenarbeit. Leo, der Wissenschaftler der Erde; Elena, die Beobachterin der Sterne; und Sofia, die Hüterin des alten Wissens, der Stimme der Erde selbst.

Dieses ungleiche Trio, vereint nicht durch Protokolle oder akademische Titel, sondern durch die Notwendigkeit zu handeln, zeigte den einzig wahren Weg aus der Krise.

Interdisziplinarität ist kein Schlagwort mehr, sondern eine Überlebensstrategie. Die Herausforderungen der Zukunft – sei es der Klimawandel, neue Viren oder das Erwachen uralter Mächte – werden nicht von einer einzelnen Disziplin gelöst werden können. Sie erfordern eine radikale Offenheit, die Bereitschaft, Brücken zwischen Wissenschaft, Spiritualität und überliefertem Wissen zu bauen. Nur wenn wir alle Formen der Erkenntnis anerkennen und miteinander verbinden, können wir die komplexen Rätsel entschlüsseln, die unser Planet für uns bereithält.

Und dann waren da die Schatten aus dem Orbit – die unsichtbaren, allmächtigen Beobachter, die das Wesen kannten, vielleicht sogar seit Äonen kontrollierten. Ihre Existenz war die kälteste Erkenntnis von allen. Sie zeigten uns die Gefahr von unregulierter Macht im Verborgenen.

Wer waren sie? Eine wohlwollende Eindämmung oder eine finstere Agenda, die die Menschheit als Bauernopfer betrachtet? Die Sima lehrte uns, dass wir nicht nur auf das achten müssen, was aus der Tiefe kommt, sondern auch auf das, was von oben überwacht wird. Sie war eine Warnung vor den ethischen Abgründen, die sich auftun, wenn Technologie und Wissen in den Händen weniger liegen und ohne Transparenz operieren. Die Frage, wer die Macht hat, die Wahrheit zu definieren und über unser Schicksal zu entscheiden, ist von existenzieller Bedeutung.

Die Insel La Palma, dieses kleine Juwel im Atlantik, war nun nicht mehr nur ein Ort der Schönheit und der vulkanischen Aktivität. Sie war zu einem Mahner geworden.

Ein Mikrokosmos, an dem die uralten Geheimnisse der Erde auf die Ignoranz der Gegenwart und die schattigen Agenden der globalen Mächte trafen. Leo, Elena und Sofia hatten ein tiefes Verständnis erlangt: Die Welt war weitaus mysteriöser, gefährlicher und miteinander verbunden, als sie es je für möglich gehalten hatten.

Ihr Kampf war nicht vorbei. Er hatte gerade erst begonnen. Und die leise, unheimliche Botschaft der Sima würde für immer in den Herzen derjenigen nachhallen, die bereit waren, zuzuhören – eine Warnung, die die Menschheit nicht länger ignorieren durfte, wenn sie in einer Zukunft voller unvorhergesehener Wunder und Schrecken bestehen wollte.

Kapitel 26

La Sima – Wo Fiktion auf die Fakten trifft

Leo Richter saß in seinem Jeep, die Finger noch immer auf dem staubigen Armaturenbrett, obwohl der Motor längst abgestellt war. Neben ihm Elena, das Tablet auf dem Schoß, das nun keine unheimlichen Frequenzen mehr empfing, sondern nur noch die Wettervorhersage. Hinten Sofia, die auf dem Rücksitz, die Augen geschlossen, leise ein altes Lied sang – ein Wiegenlied für eine erschöpfte Insel. Die Stille nach dem Sturm war ungewohnt, fast beängstigend. Der Kampf war gewonnen, oder zumindest eine Schlacht. Das Wesen war zurückgedrängt, die Satelliten schienen verstummt, und die "Virus"-Lüge der Regierung zerbröselte langsam unter dem Gewicht der aufkeimenden Normalität.

Doch die größte Überraschung, so dachte Leo, war nicht das Wesen selbst oder die Schatten-Agentur im Orbit. Es war die Calderón de la Sima selbst. Dieses unscheinbare Loch in der Cumbre, das alles ausgelöst hatte. Die wahre Sima, wie sie wirklich existierte, war nicht weniger faszinierend als die, die er in seinem Kopf erschaffen hatte. "Wisst ihr", sagte Leo, seine Stimme hallte in der Stille des Jeeps nach, "die Sima gibt es wirklich."

Elena hob eine Augenbraue, ihr Blick wanderte vom Tablet zu ihm. "Ach? Und beherbergt sie auch außerirdische Lebensformen, die unsere Lebensenergie absaugen?" Ein leichtes Schmunzeln spielte um ihre Lippen.

Leo lachte leise. "Nicht, dass ich wüsste! Aber sie ist in ihrer Realität fast so rätselhaft wie in unserer Geschichte." Er holte tief Luft und begann zu erzählen, die Fakten und die Fiktion in seinem Kopf vermischend. "Sie liegt wirklich im südwestlichen Bereich der Cumbre auf La Palma, und 'Sima' bedeutet 'Kluft', 'Schlucht' oder 'Abgrund'. Ein ziemlich passender Name für ein Loch, das alles verändern kann."

"Ein Senkkrater, oder?", fragte Elena, nun sichtlich interessiert, ihre wissenschaftliche Neugier erwacht. "Entstanden durch den Einsturz einer Lavahöhle, richtig? Das ist geologisch gar nicht so ungewöhnlich."

"Genau!", bestätigte Leo. "Der Calderón de la Sima, auf 1240 Metern Höhe. Man vermutet, dass er durch den Einsturz eines riesigen unterirdischen Lavakanals oder sogar einer Lavakammer entstanden ist, vielleicht vor Hunderten oder Tausenden von Jahren. Stell dir vor, ein riesiges Hohlraumsystem unter der Erde, das irgendwann einfach kollabiert ist. Ein gigantisches Loch, das in der Cumbre so gar nicht zu vermuten wäre. Das hat mich schon immer fasziniert." Er dachte an die unwirkliche Leere, die er in seinen Roman projiziert hatte. "Und er liegt tatsächlich oberhalb der dritten Ausbruchsstelle des Vulkans San Juan von 1949, dem Llano del Banco."

Sofia öffnete die Augen, ein leichtes Lächeln auf ihrem Gesicht. "Die alten Kanäle. Die Insel atmet durch diese Löcher. Manchmal ist es nur Luft, manchmal... mehr." Ihre Worte waren wie ein Echo aus dem Roman, eine Brücke zwischen der rationalen Erklärung und dem Geheimnisvollen.

"Und genau das macht es so spannend", fuhr Leo fort. "Manchmal ist die Wirklichkeit die beste Vorlage für Science Fiction. Ein unscheinbares Loch in der Erde, das in unserer Geschichte zum Tor zu einer außerirdischen Intelligenz wird. Die realen Magmakammern, die nur 10 bis 12 Kilometer tief liegen, und die in 30 bis 34 Kilometern – sie wurden in unserem Roman zu Katalysatoren, die etwas Uraltes wecken. Der Vulkanausbruch von 2021, der im echten Leben verheerend war, wurde in unserer Geschichte zum Weckruf für das unbekannte Wesen."

Elena nickte nachdenklich. "Es ist die Angst vor dem, was wir nicht wissen. Vor dem, was unter unseren Füßen lauert, unsichtbar und unergründlich. Dein Roman spielt mit der Idee, dass selbst das vertrauteste Terrain unbekannte Gefahren bergen kann. Und dass der Mensch in seiner Arroganz oft glaubt, alles kontrollieren oder erklären zu können."

"Und das ist die humorvolle Seite daran, oder?", sagte Leo mit einem Augenzwinkern. "Wir, die vermeintlich intelligenten Spezies, die das Universum erforschen, erschrecken uns zu Tode vor einem 'Loch im Boden', aus dem blaue Lichter kommen. Es ist die ultimative Ironie der Science Fiction: Oft sind es nicht die Raumschiffe aus fernen Galaxien, die uns herausfordern, sondern das Unbekannte, das sich direkt unter unserer Nase verbirgt."

Sofia schloss wieder die Augen. "Die Insel hat ihre Geheimnisse. Und sie erzählt sie nur denen, die bereit sind, zuzuhören – nicht nur mit den Ohren, sondern mit dem Herzen."

Leo blickte auf die Calderón de la Sima, die sich nun im sanften Licht des Vormittags erstreckte, ein stilles, unscheinbares Loch in der Landschaft. Ein Loch, das in seinem Roman das Ende der Welt bedeuten konnte. Ein Loch, das im echten Leben einfach nur ein Zeugnis der ewigen geologischen Prozesse war, die die Insel formten. Und doch, so dachte er, würde er nie wieder eine einfache Grube sehen, ohne sich zu fragen, was für ein unbekannter Herzschlag tief darunter vielleicht noch schlummert. Und das war die größte Magie von allem: Die Fähigkeit der Fantasie, die Realität zu nehmen und sie in etwas Größeres, Unheimlicheres und doch so Lehrreiches zu verwandeln.

Wenn Ihnen die Geschichte gefallen hat, freut sich der Autor über eine Rückmeldung, einen Kommentar oder eine Rezension, zum Beispiel bei Amazon.